MOZART NÃO TINHA PLAYBACK

— Crônicas e Contos —

Sergio Bermudes

MOZART NÃO TINHA PLAYBACK

— Crônicas e Contos —

GRYPHUS

Coordenação Editorial
Gisela Zincone

Revisão
Vera Villar
Maria Clara Jeronimo

Editoração Eletrônica
Editoriarte

Capa
Victor Burton

1ª Edição – 2010

CIP-BRASIL. CATALOGAÇÃO-NA-FONTE
SINDICATO NACIONAL DOS EDITORES DE LIVROS, RJ

B442m

Bermudes, Sergio, 1946-
Mozart não tinha playback : crônicas e contos / Sergio Bermudes. – Rio de Janeiro : Gryphus, 2010.

ISBN 978-85-60610-37-2

1. Crônica brasileira. 2. Conto brasileiro. I. Título.

10-0772. CDD: 869.98
CDU: 821.134.3(81)-8
23.02.10 25.02.10 017678

GRYPHUS EDITORA
Rua Major Rubens Vaz, 456 – Gávea – 22470-070
Rio de Janeiro – RJ – Tel.: (0XX21) 2533-2508
www.gryphus.com.br – e-mail: gryphus@gryphus.com.br

Aqui estão outras crônicas e contos, alguns desses textos publicados na minha coluna em "no mínimo", ou na revista Inteligência, *inéditos outros. Fica este livro dedicado a Ernane Galvêas, Theophilo de Azeredo Santos e às memórias de José Frederico Marques, José Luiz Bulhões Pedreira, Moacyr Lobo da Costa, Milton Bueno, Janne Deischl, Donald Koser, Bob Thomas, Francisco Gonçalves, Pio Costa Filho e Guilherme Resch.*

S.B.

SUMÁRIO

CRÔNICAS

CRÔNICAS

Pinturas

Chegam três catálogos da Sotheby's. Um deles anuncia o leilão de peças de escultores e quadros de pintores modernos, ou modernistas, se se preferir, e impressionistas. O outro oferece somente pinturas impressionistas. O terceiro exibe obras de arte latino-americana. No segundo catálogo, há quadros e esculturas de não menos de meio milhão de dólares, inacessíveis a pessoas da classe média, ou melhor, só acessíveis a bolsos riquíssimos. Aqui, enchendo os olhos, um Picasso, no valor mínimo de US$ 7 milhões, ou a escultura "Le chat", em bronze, de Alberto Giacometti, orçada, difícil de acreditar, entre 16 e 24 milhões de dólares. Outra pintura de Pablo Picasso, estimada entre 7 e 24 milhões da moeda norte-americana. Chega-se desolado à última oferta, uma figura de Miró, oferecida aos licitantes por 400 a 600 mil dólares, preço módico, se comparado com os demais quadros e objetos do catálogo, todos a preços estonteantes. Num leilão próximo, será oferecido um Pizarro por 1 milhão e 500 mil dólares; um Sisley por igual preço e um Renoir por 2 milhões, na mesma moeda.

Não sei se algum milionário se disporá a adquirir uma dessas obras-primas, a fim de pendurá-la num museu, mesmo temporariamente, para embevecer visitantes na contemplação do belo, já definido como a natureza vista através de um temperamento. Certa vez, em Amsterdam, no Museu Nacional, em tarde de pouco movimento, detive-me diante do esplendoroso "Ronda noturna", de Rembrandt.

Logo chega um homem muito bem trajado, num sobretudo de vicunha. "Henry Ford" — diz o vigia, depois da saída dele. Soubesse de quem se tratava, eu talvez lhe tivesse dito que, naquele momento, a sua fortuna e a minha pobreza se igualavam: nenhum de nós poderia possuir aquele quadro, um dos mais famosos do mundo, junto com a "Mona Lisa", de Leonardo da Vinci, "As meninas", de Velásquez, "O enterro do Conde de Orgaz", de El Greco. Somam-se a eles a "Guernica", de Picasso, completando o conjunto das melhores pinturas das mãos humanas, todas expostas na Espanha, numa distribuição injusta. Melhor seria espalhá-las por diferentes países, como acontece com os quadros de Ticiano, na Itália. Ele levou consigo o segredo de pintar veludos perfeitos. Há, na França, os Van Gogh, os Matisse, os Monet. Fala-se de uma pintora, em São Paulo, perfeita na reprodução do mestre de Giverny. Honesta, ela não assina as réplicas que, no entanto, produzem o efeito dos originais. No Museu Marmottan, na capital francesa, as sílfides de Monet mostram a arte mais perfeita do impressionismo. O pintor cortou um dos quadros em pedaços, para atender credores inclementes, insensíveis à beleza da obra. Isto lembra Balzac, escrevendo, às goladas de café forte, na casa da irmã, enquanto aguardavam as pessoas vorazes, das quais os seus esbanjamentos o fizeram devedor.

Já se ouviu chamarem pintores de "segundo time" a artistas que não alcançaram o grau de perfeição dos grandes mestres. É injusto o tratamento. Assim como não se pode comparar a maioria dos compositores aos insuperáveis Mozart, Beethoven, Bach, Vivaldi, Wagner, Brahms, presentes de Deus ao mundo, não se devem contrastar com pintores de primeira os quadros de Boudin, Vlaminck, Camoin, Utrillo, este último, coitado, feito alcoólatra pela avó, para aquietá-lo das peraltices de criança. O padrasto só lhe dava o vinho do seu alcoolismo se ele pintasse. Daí a uniformidade do estilo, sempre com o céu róseo. É uma história triste, mas de triunfo da arte sobre o vício.

No catálogo da Sotheby's dedicado à arte latino-americana aparecem quatro Diego Rivera, o mais caro, "Niña con rebozo", orçado entre 350 e 450 mil dólares. De Cândido Portinari, somente o "Cangaceiro", um tanto embaçado, avaliado entre 80 e 100 mil dólares. Entra no livreto o "Porto do Brasil", de di Cavalcanti à venda por 30 a 40 mil dólares. Na verdade, os artistas brasileiros aparecem pouco nos catálogos da Sotheby's e da Christie's. Seus quadros são adquiridos, predominantemente, no mercado interno, não importa a qualidade da pintura. De Portinari saiu o painel "Guerra e paz", visto no *hall* de entrada do edifício da ONU, em Nova York, sem que isto lhe granjeasse fama internacional.

Atualmente, pastiches e álbuns imitam ou repetem os melhores quadros de todos os tempos, permitindo trazer-se para casa o que não está à venda, ou que só privilegiados da fortuna conseguiriam adquirir. Há muitos anos consegue-se imprimir quadros, como se estivessem pintados nas páginas de um livro. Revejo, constantemente, as 77 aquarelas de Van Dongen, nos três volumes da *Recherche*, de Proust, na edição da Gallimard, de 1947.

Tanta arte e tanta beleza levam a matutar na ausência, hoje em dia, de quadros como os de séculos passados. Aliás, faz-se a mesma conjectura em relação à música erudita, chamada música clássica, usado o adjetivo numa das suas acepções. Pitigrilli fala de alguém que, sustentando a necessidade de inventar-se uma arte que unisse, acalmasse, enlevasse, encantasse as pessoas, ouviu a resposta: "essa arte já existe. Chama-se música." Não fica longe disso a pintura, na harmonia das cores, na conjugação de figuras ou traços, tudo suscitando diferentes reações dos olhos, que extraem de cada quadro muito mais do que ele mostra na sua imobilidade só aparente. As figuras ou abstrações retratadas neles acendem recordações que os tornam movediços.

A música são variações do canto dos pássaros e dos diversos ruídos da natureza, captados pelos ouvidos, para inspirar as obras que depois os deliciarão a eles próprios, como o artista que se extasia diante da sua pintura, ou escultura, ou da página de prosa ou poesia diligentemente composta. A pintura transplanta para a tela a óleo, para o cartão, ou outra base de fixação, um pouco do que os olhos viram na contemplação do quadro infinito do Pintor supremo, que deu colorido inimitável às águas, às matas, aos lábios, às flores.

Faróis

A VISTO, DAQUI DA VARANDA DESTE MEU ESCONDERIJO DOS FINS de semana em Ipanema, o farol da Ilha Rasa e o farol da Ilha das Palmas. Rubem Braga falou deles nas suas crônicas. Belíssima uma delas, na qual ele diz que o mar geme lá fora como um bêbado gordo e acaba clamando "acendei-vos, faróis, iluminai-me".

O meu pai vendeu a nossa pequena casa de veraneio em Marataízes — para quem não sabe, a praia das famílias de Cachoeiro de Itapemirim, mais tarde invadida pelos mineiros. Uma casinha de janelas verdes e paredes brancas, construída com o ordenado de professor do ensino médio do Espírito Santo, aumentado um pouquinho com os proventos de professora primária da minha mãe. A água chegava à caixa, arrancada do fundo do terreno arenoso por uma bomba hidráulica manual. O esgoto era uma fossa. Dizia-se que, se não se acendesse uma vela, não se veria se as lâmpadas estavam acesas, tão fraquinha a iluminação. Não se podia dormir na rede da varanda, durante a tarde, por causa dos pregões incessantes dos vendedores, montados em cavalos e éguas, oferecendo produtos das suas lavouras, acomodados em balaios de cipó: abóbora-jacaré, toda caracachenta, abóbora paca, lisa e manchada, abobrinha verde para bater, melancia e melões aguados, batata-doce, frita em rodelas para acompanhar a moqueca de peixe, ou cozida para o lanche da tarde, chamado, lá em casa, "café das duas horas". Para comprar peixe era necessário ir à praia, ao arrastão da manhã, chamado também arrasto ou, simplesmente, a rede. De tarde, voltavam os barcos à vela, trazendo os peixes do mar infértil da minha terra: peruás, que o Aurélio não registra, brancos da pesca no baixio, amarelos com listas azuis, da pesca no alto-mar, casca dura e imprestável, naqueles e nestes. Vinham uma ou outra sarda, baiacus, pronunciado "baiácu" por força de determinação de um juiz de direito metido a moralista.

Mas, como eu ia dizendo antes de enredar-me nestas reminiscências, vendeu-se a nossa casinha, para a construção de outra, maior e mais próxima do mar, de pé até hoje, servindo à família. Eu é que não volto a Marataízes, para não destruir a imagem da praia da minha infância, fixada na retina e numa pintura primitiva de Isabel Braga — viúva de Newton, escritor e poeta, irmão do Rubem — pendurada de frente para a minha cama. Durmo e acordo em Marataízes, como digo aos visitantes.

A construção da casa nova consumiu um verão e um inverno. Chama-se inverno a todos os meses do ano, tirante os do veraneio. Fomos, então, veranear numa casa emprestada, uns seis quilômetros mais ao norte, na Barra de Itapemirim. Ali, o Itapemirim, que vem de longe e corta Cachoeiro, deságua e faz amarelenta a água do mar de Marataízes, azul só quando o vento sul sopra o rio no sentido norte. Havia a praça, um retângulo imenso com uma pensão com fumaças de hotel, chamada "La Barranca". Mais para a esquerda, o grupo escolar com cajueiro nos fundos, carregadinho durante o verão. As rolinhas, sanhaços e quejandos não davam conta das centenas de cajus de várias tonalidades, sobretudo avermelhados, uma lindeza.

Passei um verão solitário na Barra. Ia ver o manguezal, lama escura, coberta de vegetação homogênea, cheia de orifícios, de onde saía grande variedade de caranguejos pequenos. Depois, a água do rio, já misturada com a do mar, lambendo as fundações do trapiche abandonado, argamassa sobre a qual se puseram pedras, unidas em óleo de baleia, segundo se informava.

Foi então que vi um farol. Um, não. Dois faróis. O menor, uma ilhota marítima chamada Itaputera, ou Taputera, de frente para a embocadura do rio Itapemirim. O outro farol, lá longe, no mar aberto, na Ilha dos Franceses. Só se viam as luzes desses faróis quando escurecia, ou nas tardes de tempo carregado. Eles piscavam suas luzes intermitentes, visíveis, cintilantes nas noites de verão e também no nevoeiro. O farol de lá longe, da Ilha dos Franceses, solta no meio da água, parecia mais potente, para orientar os navios do mar alto.

São rigorosamente iguais esses faróis, agora diante dos meus olhos, nesta noite escura de inverno precoce, na zona sul do Rio de Janeiro. Despertam a minha infância. Tão bom se, à vista deles, tal como as embarcações de todos os calados, também os homens se safassem das ciladas do mar tenebroso da travessia inevitável de cada um.

Dicionários

Aurélio Buarque de Holanda Ferreira e a sua equipe abriram o *Dicionário da língua portuguesa* com citações de Pablo Neruda, Gilberto Amado e Samuel Johnson. Gilberto declara a sua dependência do dicionário: "Escrevo com o dicionário. Sem dicionário não posso escrever — como escritor". No *Dicionário Houaiss da língua portuguesa*, Antônio Houaiss e os seus colaboradores também invocaram pensamentos de todos os tempos sobre os léxicos. Lá estão Garcia D'Orta, Horácio, Ludwig Wittgenstein e Vergílio Ferreira. Wittgenstein: "Os limites da minha linguagem denotam os limites do meu mundo". E tantas outras citações poder-se-iam ter repetido, de autores que falaram do dicionário com respeito hierático, admiração, deslumbramento. Veja-se esta, colhida no *Dicionário universal de citações*, de Paulo Rónai, na qual José Lins do Rego diz que o dicionário "tem de ser paternal, simples, dando-nos o valor e o significado das coisas, sem pretensões, capaz da mais franca intimidade, generoso, probo, fácil". Merecidas loas a esse instrumento de formação da linguagem e de preservação dela, indispensável, não só aos literatos, como, igualmente, a todas as pessoas que, de qualquer modo, precisam comunicar fatos, ideias, sentimentos. Com os dicionários, põem-se as palavras lá no alto, claras e brilhantes como estrelas, segundo o conselho de Vieira.

Ora é a simples grafia correta da palavra, especialmente daquelas que não se nos fixa o bestunto — e aqui está um termo a ser procurado.

Em silêncio, com discrição, o dicionário explicará o significado dele e dos vocábulos vizinhos, onde baterem os olhos. Abrirá o seu mar infindo à navegação do consulente, desbravador dos mistérios da língua, descobridor das suas pulcritudes. Feinha embora, está lá essa palavra porque os dicionaristas a dicionarizaram, entronizando-a na língua, numa presença imarcescível — e não será melhor verificar a grafia correta desse adjetivo, no qual o s traiçoeiro bem pode vir depois do r? Viva! Fui ver, acertei e ainda o descobri, num heroico de Cláudio Manuel da Costa: "A imarcescível hera, o verde louro" (herói foi ele; heroico o seu decassílabo). Ora a explicação da palavra, com as suas diferentes acepções, segredos, alcance e os sinônimos, perfeitos e imperfeitos. Tudo se encontra nos dicionários, ou quase tudo. Palavras novas já lá estão; palavras velhas ainda estão lá — e juro que me saíram espontâneos esses dois versos de nove sílabas (por que não nonassílabos?) que, segundo a gramática, nem são gregorianos nem jâmbicos, pois não acentuados na 3ª, 6ª e 9ª sílabas, porém modernos, pois tônicos na 4ª e 9ª. Medrar, no sentido de recuar amedrontado; peitar, na acepção de enfrentar. Roga-se a mais medonha das pragas ao dicionarista que, um dia, incorporar anglicismos da linguagem de uns papalvos do mercado, como estartar (de start), numa língua onde se encontram começar, iniciar, principiar; bidar (do inglês bid), no significado de licitar; bilar — Santo Deus! — equivalente a mandar a conta. Deve-se pôr cuidado na seleção dos neologismos. Espera-se que os dicionários não coonestem as porcarias da linguagem dos *e-mails*. Fiquem neles os arcaísmos, documento da constante evolução do idioma oficial do Brasil, que é a língua portuguesa, conforme o art. 13 da Constituição. Nas suas petições incomparáveis, Dario de Almeida Magalhães empregava substantivos como moxinifada, que usei, de brincadeira, num bilhete a Alberto Dines e o levou asinha ao léxico (parênteses para recomendar o livro recém-lançado de Dines, na realidade livro diferente das duas edições anteriores. Crítico severo, Alberto Venâncio Filho diz que, no gênero, *Morte no paraíso — a tragédia de Stefan Zweig* é uma das melhores biografias escritas no Brasil). Há quanto tempo não se escrevem bragas, no sentido de calças, sobrevivente em braguilha; louçania, taful? De novo as petições do Dr. Dario com expressões como "deu às de vila-diogo", ou "cantou a palinódia".

Vez por outra, os dicionários cochilam, ou não cobrem toda a extensão do vocábulo. Ouvi falar que certo dicionário espanhol apresentava "ajabebe" como "el mismo que jabebe", e "jabebe" como "el mismo que ajabebe". Nehemias Gueiros contava que o seu pai, pastor no Recife, presenteava os fiéis com dicionários baratos, ao alcance do seu bolso. Um dia, ouviu de um deles: "Pastor Jerônimo, eu não vou mais estudar no seu dicionário, não. É um tal de 'lugúbre', vide 'funébre'; 'funébre', vide 'lugúbre'. Assim não dá". Peruá, o mais comum dos peixes dos verões da minha infância, em Marataíses, a praia dos veranistas de Cachoeiro de Itapemirim (os locais detestavam o gentílico maratimba), aparece, no *Laudelino Freire*, apenas como "peixe fluvial". Não é, ao menos nas minhas bandas, onde é marítimo e fica mais próximo da descrição de cangulo, oferecida pelo *Aurélio*, peixe-porco no litoral fluminense. Amaro Martins de Almeida lembrava o comerciante de Campos, que mandou um empregado comprar um dicionário e logo o devolveu, pela falta do índice. Pois saibam quantos estas linhas virem que tem índice remissivo o *Dicionário de sinônimos* de Antenor Nascentes. Confira-se a 3ª edição, Nova Fronteira, 1981, página 369 e seguintes.

Os dicionários não constituem apenas uma utilidade, mas também fonte de prazer estético, para os lexicófilos. Inefável o gosto do manuseio deles, especialmente os clássicos, para aprender, conferir, relembrar, comparar, como se, aberto um cofre de moedas, se examinasse e selecionasse uma após a outra.

Há exagero na afirmação de Antenor Nascentes, para quem "A língua portuguesa tem dois dicionários: o de Morais e o de Caldas Aulete". Sem dúvida, o *Caldas Aulete* converteu-se em padrão da arte de dicionarizar, tanto quanto, em língua espanhola, o "Corominas", ou o majestoso *Dicionário da Real Academia Espanhola*. Onde ficam, porém, Cândido de Figueredo, da predileção de Rui Barbosa, ou o completo *Laudelino Freire*, dois léxicos primorosos, do lado de lá e de cá do Atlântico? Na atualidade, o *Houaiss*, excelente embora ainda não tenha conquistado as galas de dicionário do dia, como é o *Aurélio*, cuja fama premia a dedicação do dicionarista que lhe dá o nome.

No tocante aos bilíngues, não se podem esquecer, para socorro de quem fala português, dicionários célebres, como o Parlagreco, para italiano, e o velho Domingos de Azevedo, para o francês. O Langenscheidt ajuda quem fala inglês a decifrar o alemão. Quanto aos de latim, nunca se pode dispensar o *Torrinha*, favorito dos alunos de latim, quando latim se estudava, tanto quanto, para estudos maiores, o *Diccionário manual griego-latino-español*, dos padres escolápios. Não se deve esquecer o *Saraiva*, plasmado no *Quicherat*, ambos ensinando a etimologia dos vocábulos latinos. Nesse campo, parece insuperável o *Dictionnaire étymologique de la langue latine*, de Ernout e Meillet, que desvenda a formação dos vocábulos latinos. Outro dicionário francês, de Henri Goelzer, supre a necessidade de um léxico que dê o sinônimo latino das palavras de uma língua viva, no caso o francês.

Encantam os dicionários temáticos, como este pitoresco *Dictionnaire de symboles*, dedicado a mitos, sonhos, costumes, gestos, formas, figuras, cores, números, pacientemente recolhidos por Jean Chevalier e Alain Gheerbrant. Ele é meu acompanhante neste fim de semana de mar grosso e cerração densa, e sugeriu o assunto da coluna de hoje.

Durante algum tempo, resisti à tentação de especular o preço da mais completa edição do OED — Oxford English Dictionary, sedutoramente exposta na vitrine da Oxford University Press, na avenida Madison, em Nova York. Imaginava custar alguns milhares de dólares. Finalmente, sucumbi e telefonei à editora. Tive a surpresa do preço acessível. Por menos de mil dólares, frete aéreo incluído, os 20 volumes pousam na minha estante. Aliás, há uma longa linha de dicionários *Oxford*, de todos os formatos e assuntos, incluídos nela o preciso Dicionário Etimológico e o *Modern Slang*, dedicado às gírias. Da mesma grei, os dicionários *Webster*, a começar pelo *Webster's third new international dictionary*. E, em língua francesa, destacam-se, além do clássico *Littré*, os *Robert*, grandes e pequenos, e domina o *Larousse*, tradicionalíssimo, desdobrado em diferentes espécies. Certa vez, para presentear o meu pai com um dicionário de gírias, quis comprar, numa livraria de Paris, o *Larousse des Argots*. Tropeçou a minha língua. Pedi um *Dictionnaire des escargots*. Supondo compreender-me, a vendedora me trouxe sorridente um volume do *Larousse gastronomique*.

A Guilherme Frering

Caríssimo Guilherme,

Preciso agradecer-lhe o presente fidalgo, e também escrever a coluna, tudo neste fim de semana, ocupado ainda por tarefas do meu ofício. Por isso, uso a coluna para fazer o agradecimento, duas desincumbências de uma vez só, ou dois coelhos com uma só cajadada, como não se pode mais dizer sem provocar a ira dos ecólogos. O agradecimento, posto neste meu canto de jornalista amador, tornará pública a nossa amizade e acenderá invejas, quando souberem que você, imbatível na arte de presentear, mandou-me *The Devil's dictionary*, de Ambrose Bierce, numa edição elegante, na encadernação gravada em dourado e na alvura das páginas.

Na introdução crítica e, aqui ou ali, algo injusta da obra, Miles Kington, que a *Enciclopédia Britannica* e eu desconhecemos, destaca as singularidades da vida e da obra de Bierce, pouco lido pelo mundo de hoje. Lembra que foi ele o mestre de Henry Louis Mencken, o jornalista americano, cuja crestomatia (sob o título *Chrestomathy*, publicou-se uma antologia da obra dele) revela tanto da mordacidade, da ironia, do ceticismo, do pessimismo de Bierce, mas também do seu encantamento por tudo quanto existe de encantador na face da terra, como, por exemplo, a música de Beethoven.

Ambrose, em Portugal, se diz Ambrósio — como se chama de Isabel a rainha da Inglaterra, com o vezo dos povos adultos de traduzirem tudo na sua língua, inclusive os nomes próprios, enquanto nós, cá embaixo, nos esmeramos em dizer as coisas estrangeiras na pronúncia original... Saiu-me grande a intercalada. Melhor recomeçar o período. Ambrose Bierce transparece inteiro nesse *The Devil's dictionary*, tecido com retalhos sombrios da sua alma, impregnados muitos deles do *humour* de quem vê os aspectos grotescos das coisas, onde os outros humanos só enxergam austeridade.

Uns pedacinhos do dicionário de Bierce, em tradução descuidada: cínico: o patife cuja visão falha vê as coisas como são, e não como deveriam ser; amor: insanidade temporária, curável pelo casamento, ou pelo afastamento do paciente das causas da desordem; ópera: representação da vida num outro mundo, cujos habitantes não falam, porém cantam, não se movem, mas gesticulam, não têm postura, mas atitudes. Toda ação é simulação e a palavra simulação vem de simia, um macaco; matar: criar uma vaga sem nomeação do sucessor; legal: compatível com a vontade de um juiz com jurisdição; apelação: juridicamente, é repor o dado na caixa para um novo lance; idiota [não seria também o conceito de medíocre?]: membro de uma grande e poderosa tribo, cuja influência nos negócios humanos sempre foi dominante, determinante.

O livro de Bierce não tem a profundidade do *Dictionnaire Philosophique*, de Voltaire, inspirador de obras semelhantes, como a do autor norte-americano, mas superior no seu gênero, capaz de ver, na tirania oligárquica, um corpo violador dos direitos de outros corpos e que exerce o despotismo sob leis corrompidas por ele próprio. O amor será "l'étoffe de la nature que l'imagination a brodée." Por que na Quaresma, pergunta Voltaire, para atingir a Igreja e a crença, seus alvos permanentes, o rico, comendo peixe, será salvo e o pobre faminto, comendo carne, será condenado?

A literatura brasileira de todos os tempos mostra autores de alma e riso voltairianos, que viram e descreveram a vida e as suas personagens com olhos iguais aos de um Bierce ou de um Mencken. Há escritores e poetas satíricos, desde Gregório de Matos. Cate-se, a esmo, gente como Carlos de Laet e Emílio de Menezes. Não falo do *humour* delicadíssimo de Machado de Assis, nem de sutilezas de Antônio Torres, porém de manifestações mais abertas e menos sofisticadas. A mordacidade de Agrippino Griecco, caricaturista dos homens e dos tempos, especializado na crítica à Academia Brasileira de Letras e aos seus imortais (para escarnecer dela, aceitou lugar na Academia de Letras de Duque de Caxias), foi demasiado ostensiva para ser tida na conta de malvada. Nos últimos tempos, há escritores como Sergio Porto, cuja obra, publicada sob o pseudônimo Stanislaw Ponte Preta, falou de tudo e malhou a ditadura militar (sobre um coronel de quem se dizia muito brabo: "Valente? Valente para mim é caranguejo, que já vai amarrado pra feira"); como o meu saudoso amigo Guilherme de

Figueiredo, de quem guardo a memória de tiradas impagáveis. Millôr Fernandes, humorista, crítico, filósofo. Mas não estou fazendo resenha dos cultivadores de um estilo em certos pontos semelhante ao de Bierce. Quem pretender isso pode abrir a *Antologia de humorismo e sátiras*, de R. Magalhães Junior.

Enquanto lembro esses brasileiros, lamento a inexistência, entre nós, de um dicionário humorístico e satírico sistematizado, como o de Ambrose Bierce. Carlos de Laet não passou dos *Verbetes*, publicados "para desenfado e nenhum proveito dos lexicógrafos e acadêmicos", interessantes porém poucos ("Emergência — vide Estado de Sítio"; "Estado de Sítio — vide Emergência"). Andou por aqui, em português, o *Dicionário antiloroteiro*, de Pitigrilli que, no entanto, era italiano, com passagem pela Argentina, onde viveu certo tempo.

A inexistência, entre nós, de obra semelhante ao *The Devil's dictionary*, de Ambrose Bierce, valoriza o seu presente, querido Guilherme. É desses livros que se deixam na estante rente ao quarto, para conciliar o sono, espantando as agruras do dia; vingando a gente dos dissabores inevitáveis, sob o "castigat ridendo mores", (expressão de Jean de Santeuil) e das sátiras de Juvenal, de Bierce, de Mencken, de Diógenes antes deles, e de todos quantos ajudaram a reconstrução do mundo, rindo das coisas e das pessoas; rindo de si próprios.

De novo, com as minhas lembranças a Antonia e filhos, os meus agradecimentos pelo livro e o cartão, e o meu abraço.

Reliures

NÃO FAZ MUITO, UM JURISTA, CUJO NOME ESCONDO, POIS ele não gostaria de deixar à luz do dia o seu desconhecimento, telefonou para perguntar como se diz separata, em inglês. *Offprint*, para quem quiser saber. Mas não pretendo falar de separatas, quando tanta separação existe por aí. Separam-se pais, separam-se namorados, separam-se pessoas e coisas. Separa-se a alma do corpo, deixando-o inerte, como se apenas o houvesse usado como abrigo temporário, antes de subir ao céu, ou descer aos infernos, como se não a socorresse a misericórdia divina. Ficou, na literatura, aquele decassílabo de Machado de Assis, "hoje mortos nos deixa, e separados", para dizer que, morta a sua Carolina, morto também ficou ele.

Não se avexe, entretanto, simpática leitora, nem se constranja, sisudo leitor, se você ignora o significado do francês *reliure*. Não usei o substantivo como título da crônica, tencionando armar uma pegada para alguém, como no caso do plebiscito do conto de Arthur Azevedo, que embatucou o senhor Rodrigues, a partir da pergunta do Manduca. Desvende-se logo o enigma: o francês *reliure* é encadernação.

Tampouco se encabule quem nunca tiver ouvido falar em nomes como Rose Adler, Charles Benoît, George Cretté, Émile Maylander, René Wiener. Trata-se de encadernadores famosos, arrolados no álbum *La reliure en France*, de Alastair Duncan e George de Bartha, traduzido, em francês, do original, de 1989, da Thames and Hudson Limited, para a publicação da Editions de l'Amateur, no mesmo ano. A minha amiga Teresa Bulhões presenteou-me essa obra de arte, recebida por ela na herança do seu pai, Dario de Almeida Magalhães, caçador de livros artísticos que lhe permitiram amealhar uma biblioteca de mais de 800 volumes, ao longo de 50 anos de buscas e aquisições do seu bom gosto renascentista.

O álbum *La reliure en France art noveau — art déco* mostra que a encadernação não é apenas a capa grossa, em muitos casos grosseira, com que se lançam no comércio, cada vez menos aliás, livros novos, embalados pela própria editora, ou se vestem as brochuras para proteção do manuseio e conservação.

Reuniram-se, no livro, 252 ilustrações, 202 delas coloridas. Longe de serem capas protetoras de livros, constituem obras de arte, gravadas em camurça, ou em couro de camelo, suíno, boi, cabra, usados por encadernadores com o propósito de baratear o produto. Há, todavia, encadernações caríssimas, encomendadas por príncipes e bispos, com adornos luxuosos, de esmalte translúcido, marfim, pedras preciosas ou semipreciosas, como esclarece a substanciosa introdução do livro.

Identificam-se, no álbum, as encadernações e os autores. Lá estão artistas como George Levitsky, na encadernação de *Les chansons de Bilitis*, de Pierre Louys. O lionês Marius Maquin comparece com uma encadernação de *L'enseigne à Lyon*, de Grand-Carteret e Girrane, em duas capas diferentes e belíssimas, em azul, forte de um lado e esmaecido do outro, enquadrados em fundo de couro marrom com linhas douradas. Charles Maunier encaderna as *Paroles d'un croyant*, de Lamennais; Marius-Michel põe em capa, imitando mosaicos verdes e dourados, o *Zadig*, de Voltaire. Também dele a maravilhosa encadernação, em couro de baixo relevo, letras e linhas de ouro, de *La jacquerie*, de Mérimée. E vem Boret, enfeitando com as casas, árvores, igreja e praça de uma cidade *La petite ville*, de Yan Bernard Dyl. Nessa reprodução de encadernações de 1880 a 1940 não falta ninguém.

A última parte do álbum foi reservada a encadernadores anônimos, como o desconhecido autor da capa de *L'oiseau bleu*, de Maeterlinck. Esse Maeterlinck, escritor, teria dito que Bernard Shaw não passava de um velho castelo sem espírito. Shaw desdenhou da crítica, retrucando que pouco lhe importava a opinião de um autor que jamais fora vaiado porque ninguém consegue vaiar e bocejar ao mesmo tempo. Conta pouco o conteúdo da obra, se a capa vem em couro azul, com linhas vermelhas, pontos e hastes douradas. Fecha o livro a encadernação de *Belle chair*, de Verhaeren, imitando mosaico com espirais e pequenos círculos dourados sobre fundo escuro.

Esses anônimos, como tantos outros, que se dedicaram às encadernações artísticas e iluminuras, ocultaram-se nos tempos, talvez para realçar a sua obra, fazendo-a valer por si só, desvinculada do nome dos artistas cujas mãos destras e pacientes a realizaram. Perenizam-se eles, como os jardineiros de todos os lugares que enfeitaram o planeta com os seus jardins exuberantes; como aqueles pedreiros que tombaram na edificação de palácios e catedrais majestosos, todos no céu.

O nome da rosa*

NÃO SE SABE QUANTAS VEZES UMBERTO ECO ESCREVEU CADA um dos cinquenta capítulos de O *nome da rosa* (*Il nome della rosa*, no original italiano), chegado até nós via Nova Fronteira, numa ótima tradução de Aurora Fornoni Bernardini e Homero Freitas de Andrade. Dificilmente, algum capítulo terá saído de um jato só da pena do autor, sem passar por um trabalho de lapidação e concatenação, do qual resultou, mais que um livro — romance, novela, narrativa, seja o que for, no gênero literário — uma composição; uma construção harmônica, que permite a contemplação do todo, refletido em cada parte, antes de mostrar-se por inteiro.

O *nome da rosa* não integra a "literatura fantástica" de que são exemplos vistosos, neste continente, na segunda metade do século XX, *Cem anos de solidão*, de Gabriel Garcia Márquez, ou *Incidente em Antares*, de Érico Veríssimo. Na obra italiana, não existem aldeões que, contaminados da doença da insônia, começam a perder a memória, ao ponto de escreverem, no corpo de uma vaca, que ela serve para dar leite. Não chegam anjos em dezembro. Cadáveres insepultos não ressuscitam. Tudo fica no campo do verossímil, embora inusitado.

Na narrativa de Adso de Melk, o monge beneditino testemunha dos fatos, desfilam as personagens pequenas e grandes, num mosteiro

---

* O texto foi escrito para a reedição do livro de Umberto Eco, comemorativa do 40º aniversário da editora que o publicou, mas por ela podado. Sai aqui por inteiro.

onde se desenrola a trama. Chega ali, em hábito franciscano, Guilherme de Baskerville, frade e investigador. Ele permanecerá atuante até o fim da história, quando desvenda o mistério e vence o seu macabro depositário. Virginia Wolf diz que nada escapa a Tolstoi. Lembra ela que o autor de *Guerra e paz* não se descuida de nenhum pormenor, como, por exemplo, a orelha da besta atrelada à carroça, mexendo-se para espantar as moscas. Até certo ponto, Umberto Eco também é assim. Ao falar do inválido e decrépito Dom Alinardo de Grottaferrata, jogado a um canto, não se esquece de colocar-lhe grãos-de-bico, amolecendo à saliva na boca desdentada. Frustrou, entretanto, os leitores gulosos, abstendo-se de descrever o cardápio de uma refeição no mosteiro, como, seguramente, teria feito Eça de Queiroz, que não deixava de falar de arroz com paio, de caldo de galinha com fígado e moela, ou de arroz doce borrifado de canela, nos seus diferentes cenários. Eco descreve o mosteiro, nas suas repartições, como quem explicasse uma planta, que ele com certeza traçou para ter e transmitir a visão do palco da sua narrativa. Engenhoso embora no desempenho dessa tarefa, é na criação das personagens que ele mostra o vigor da sua arte. O próprio autor se retrata no franciscano Guilherme, seu heterônimo. No cinema, essa figura será encarnada por Sean Connery, perfeito no papel de frade, altivo, fleugmático, porém num filme medíocre, com um fim desastroso.

Voltando ao livro, Baskerville faz de si próprio um personagem menor que o protagonista, para poder realçá-lo, na admiração por ele; em certas passagens, não esconde o seu êxtase diante dele, a quem, contudo, precisa vencer, e vence, porque esse é o seu papel de detetive, sem todavia superá-lo. O autor italiano toma o argentino Jorge Luis Borges como modelo de Jorge de Burgos, o monge cego, ativo, brilhante, diferente nas suas concepções teológicas, enigmático e impiedoso nos seus desígnios. Não parece correto falar, simplisticamente, num amor-ódio de Eco por Borges. No modo como cria e exibe o monge, o autor italiano deixa visíveis a sua admiração pelo paradigma, a inveja dele e a frustração de não conseguir compreender e dominar a personalidade complexa, que se exibe transparente, no sermão feito no quarto e antepenúltimo dia da permanência de Guilherme no mosteiro.

Não se tenta fazer aqui uma resenha da obra, abundantemente analisada e aplaudida por críticos e literatos do mundo inteiro, que a colocaram, merecidamente, entre as obras-primas da literatura mundial contemporânea. Tantas coisas a crítica já viu nela: por exemplo, "uma parábola sangrenta e patética da história da humanidade", como está na contracapa das sucessivas edições postas no comércio. Não se sabe do propósito da criação de Umberto Eco. Talvez, o livro tenha sido apenas a emanação do poder criador dele. Como sabe criar, pode criar, ele criou — e a cada um caberá ver nele, pirandelianamente, o que lhe parecer. Pretende-se celebrar agora o quadragésimo aniversário da Nova Fronteira, lembrando os seus grandes lançamentos pela evocação de uma das obras significativas que ela selecionou e publicou, ao longo das quatro décadas em que três gerações da mesma família, junto com os seus colaboradores, a converteram numa instituição da cultura brasileira. Também relativamente à vitoriosa editora, podem-se repetir as palavras algo misteriosas, mas indicativas da posição dela, como valor permanente, no cenário editorial do país: "stat rosa pristina nomine, nomina nuda tenemus".

Vaidades

NÃO VOU RESUMIR, AQUI, O *ELOGIO DA VAIDADE*, DE MACHADO de Assis. Aconselho, entretanto, muito vivamente, a leitura dessa joia literária e psicológica a todo mundo, em particular aos que nunca prestaram atenção nesse defeito, ou nessa qualidade humana, dependendo da pessoa ou dos seus atos. Machado fala, na página tipicamente machadiana, se se permite o adjetivo insubstituível, da vaidade e do que ela construiu. Alude, sutilmente, à volúpia suprema da vaidade: a vaidade da modéstia.

Existem pessoas que dissimulam a vaidade, na forma de modéstia, apenas para serem louvadas por essa virtude aparente. Outras existem modestas e humildes. Uma terceira categoria desperta o escárnio e o desprezo dos conhecidos, ou de terceiros, sabedores do seu estado patológico.

Um certo empafioso ganhou fama porque sempre se estomagava com alguém ou algum acontecimento que lhe ferisse a vaidade. O porteiro o tratou de "seu" e não de senhor? Vinha abaixo o mundo. Sentia-se ofendido se, no seu aniversário, não viesse o presente adequado aos seus olhos. Certa pessoa humilde trouxe-lhe uma rapadura do Ceará. Sentiu-se insultado. Chegou ao cúmulo de brigar com o editor de um livro porque o seu nome não saíra em cada página da direita do volume, como outrora se usava. Ai de quem não lhe admirasse a obra e não a louvasse efusivamente.

Nomeado consultor geral, certo gajo afundou-se na areia movediça de uma vaidade mórbida. "Meninos, eu vi". E ouvi. Ocupando um cargo na administração federal direta, esse camarada dizia-se ministro e falava como se o Presidente da República agisse em torno dele. Mais: chegou à tolice de dizer que o chefe era tão seu amigo que, às vezes, o chamava por seu próprio nome: "João é de tal forma meu amigo que, às vezes, me chama pelo seu próprio nome, João, enquanto, frequentemente, eu o chamo pelo meu, Alberto: É João chamado de Alberto, e Alberto chamado João." Coisa mais destramelada. Tendo decidido fazer uma viagem à sua terra natal, ele telegrafou a pessoas graduadas de lá, dizendo querer abraçá-las ainda no aeroporto. Tentou criar, a muque, um comitê de recepção.

Na lembrança do cortejo de vaidosos, surge também a figura do fulano que ocupava todo o tempo de um encontro, falando de si mesmo e do que imaginava serem os seus feitos. "Um saco", como diria a moçada de hoje. "Um porre", como repetiriam os menos modernos.

A mitomania constitui o paroxismo da vaidade. O mitômano constrói um mundo irreal, mergulha nele e pretende arrastar pessoas da sua convivência para o labirinto da sua mente doentia. Conheci um historiador e literato brilhante, por um tempo líder da sua classe. Falava de um imaginário convite do Secretário da ONU, que, quando do seu embarque na viagem de volta ao Brasil, fora ao aeroporto convidá-lo para mediar um conflito, num país da América Central. Pura maluquice (eu quis escrever "tantanice", de tantã, mas os léxicos não registram o vocábulo, que, no entanto, deixo aqui, oferecido a algum lexicólogo que, casualmente, pouse os olhos sobre estas linhas, coisa difícil de acontecer).

Há pessoas que se imaginam centro das atenções de todos. É o caso daquele sujeito que proclama dizer tudo o que pensa, e de não dizer o que não pensa. E daí? A quem isso importa? Gente houve e há, todavia, sinceramente modesta, intrinsecamente humilde, como no caso de Victor Nunes Leal. Jurista, merecidamente Ministro do Supremo Tribunal Federal, de onde o arrancou a ditadura, sociólogo, cientista político, não se dava o valor que tinha. Encabulado, jamais conseguiu ler a tradução em inglês de seu clássico *Coronelismo, enxada e voto*. Por vergonha, não dividia com Gilda, sua mulher, o apetitoso cozido dominical de uma churrascaria carioca, suficiente para os dois, e não pedia um prato para cada um para evitar o desperdício. Acho que morreu sem provar do tal cozido.

Vaidades grassam nas academias, a partir dos professores que adotam os seus próprios livros, lembrando observações originais que só eles enxergam na obra medíocre. Apraz-lhes recordar os cumprimentos recebidos dos colegas do país e do estrangeiro, aos quais presentearam a obra. Nas provas, os alunos esparramavam-se na adulação a um desses mestres, generoso ao retribuir os encômios na nota exagerada. Um deles, quase cego, fazia ler a bibliografia dos livros recebidos para verificar se o seu nome figurava entre os autores citados. Se se descobria entre eles, logo se punha a elogiar o autor, que dizia conhecer e admirar de outros escritos.

Um colega desse professor vaidoso valeu-se do seu prestígio de dono da faculdade, em termos práticos, para sair da sua cadeira, no terceiro ano e assumir outra, no quinto e último do curso. Com a troca, acredite quem quiser, ficava perto da formatura e da eleição de paraninfo. Essa escolha leva-lo-ia à glória dos aplausos fugazes da assistência, arrebatada pelo discurso bombástico. A vaidade dos professores, que só divulgavam a nota final depois da escolha dos homenageados do término do curso, levou os alunos a alterarem a tradição acadêmica de eleger-se apenas um paraninfo entre os professores e um patrono, geralmente um morto ligado à matéria do curso findo. Temerosos da nota baixíssima, ou de reprovação, os alunos de certas faculdades passaram a escolher, dentre os professores vivos, o patrono, o paraninfo e inventaram mais uma homenagem, criando a figura do "nome de turma", para afagar o ego de mais um dos vaidosos, capazes de vingarem-se dos estudantes que os deixaram fora das homenagens com a nota de reprovação. Difícil entender o processo de absorção pelos vaidosos dos tributos de admiração que eles criam para si próprios, nos quais passam a acreditar como manifestações espontâneas dos constrangidos homenageantes.

Mais duas, e pronto. Houve uma acalorada discussão entre dois alunos do curso jurídico, que acabaram se atracando. A turma do deixa-disso entrou em campo e os reconciliou. Abraçaram-se. Os colegas começaram a aplaudir a reconciliação. Coincidentemente, um professor vaidoso entrava na faculdade no mesmo momento. Viu e ouviu os aplausos. Estacou, pensando que as palmas eram para ele. Espalmou as mãos e balançou-as na direção dos alunos, cuja memória ainda guarda a comicidade do episódio.

Os acompanhantes do caixão de uma vítima da ditadura, com gritos de "desce, desce", concitavam os moradores dos edifícios do percurso a deixarem as janelas e unirem-se ao cortejo. Passaram pelo prédio do velho professor vaidoso, que estendia os braços e agitava as mãos, como se o reconhecendo, a ele e só a ele, a multidão o convidasse a juntar-se ao cortejo.

Dessas pobres figuras permanece somente a lembrança de que foram vaidosos incuráveis, enquanto os ossos deles se esfacelam em jazigos esquecidos. "Aqui está o túmulo de fulano", dirá displicente alguém, talvez aditando "um vaidoso", antes de passar adiante, para ver outras sepulturas, algumas delas esconderijos permanentes de vaidades mortas.

Ministério das preás

Em *Gabriela*, ou alhures, Jorge Amado repete uma reza para dor de dente. Vai de cor: "São Nicodemos, curai este dente/ Nicodemos curai este dente/ Curai este dente/ este dente/ dente". Dará certo, ou não, dependendo da fé do benzido. Melhor a oração do que a praga: "Que te caiam todos os dentes, menos um, mas que esse um te doa tanto que te arrependas de ter nascido". Ou estoutra: "Que te caiam todos os dentes, menos dois, ficando um pra abrir cerveja, o outro pra doer".

Na minha infância, em Cachoeiro, o velho Tomás benzia ínguas, sem saber da benfazeja finalidade dessas defensoras de certas partes do corpo contra algumas agressões externas: "Minha estrela reluzente...", começava o antigo rachador de lenha, já então sem força para pegar o machado, habitante, de favor, de um cômodo na parte dos fundos do Liceu. "Minha estrela reluzente; tu sabe o que a íngua disse? 'Morra a estrela e viva a íngua'. Mas eu digo: Viva a estrela e morra a íngua". Isto o velho dizia com a mão na íngua e rezava o padre-nosso e a ave-maria com umas achegas lá dele.

As rezadeiras multiplicavam-se para atender as precisões de cada um. As pessoas chegavam súplices: "este menino, Dona Tonieta, está que é cobreiro puro", queixava-se a mãe da criança com as perninhas cheias de perebas. A velha punha os óculos emendados. Dizia: "vamos ver, vamos ver". Ia ao terreiro, tirava a pena de uma galinha, mergulhava a pena no tinteiro e riscava as pernas da criança, indagando: "o que corta?". Repetiam a mãe e algum circundante: "cobreiro". Dona Tonieta, mulher de seu Abílio, tocador de tuba na banda de música, era bamba em carne rendida. Neste caso, munia-se de uma agulha e um pedacinho de pano. Ia passando a agulha com linha pelo pano: "o que coso?". Respondia ela própria, ou algum iniciado: "carne rendida, nervo ferido, osso partido". Replicava: "assim mesmo eu coso". Já não me lembram as fórmulas para rezar espinhela caída, nem mau-olhado. Essas bendições, no entanto, eram as mais solicitadas, especialmente contra o mau-olhado dos despeitados e invejosos inevitáveis, pedras no caminho de quem venceu na vida.

Padres e freiras desancavam o costume de ir às rezadeiras porque muitos fiéis de missa e comunhão recorriam a elas. Isto demonstra o sincretismo religioso dos brasileiros. Nosso sangue, composto de sangue africano, e os costumes conservadores de crendices são expressões de uma religiosidade confusa, desestruturada, mescla da aglutinação de crenças distintas. Essa devoção de mil caras acaba envolvendo fiéis de outras crenças. Uma jovem judia, de múltipla devoção, casou-se com um rapaz de família chefiada pela matriarca, exigente da observância dos preceitos judaicos, crítica permanente da nora, relaxada em termos religiosos. No dia de São Judas Tadeu, a moça vai saindo da igreja, em Laranjeiras, e topa de frente com a velha: "Você o que veio fazer aqui?" "E a senhora?" "Eu perguntei primeiro...". As duas tinham ido acender a sua velinha.

Benzedeira mesmo era Mariana; Mariana Duarte, nossa lavadeira em Marataízes, onde se passava o verão. Viúva de um primo do meu avô materno, dava gosto ouvir o linguajar dela, cheio de observações inteligentes e narrativas engraçadas. Seu casebre, coberto de sapê, era a repetição da choça do Jeca Tatu, o caboclo brasileiro, primeiro marco da literatura de Monteiro Lobato. Os olhos de Mariana brilhavam vivos, no rosto encarquilhado como um maracujá seco. A natureza alegre dissimulava as agruras da maratimba, gentílico dos nascidos em Marataíses, porém detestado por eles, em cujos ouvidos soava como insulto.

Segundo se comentava, eram certeiras as bendições de Mariana contra nevralgia. Tomava um raminho de tarariquim (não está no dicionário), ia batendo leve com ele, em cruz, na cabeça do benzido, sussurrando: "Deus é o sol / Deus é a luz / Deus é o sumo de toda a verdade / Deus é as três pessoas da Santíssima Trindade / Como estas palavras são puras, são certas e são verdade / Sai-te daqui reumatismo, pontada, nevralgia e ventosidade". E logo o padre-nosso, a ave-maria, o glória ao padre, com alguns desvios da fórmula estabelecida. Eu estava na rede, passou um carro, levantando, na rua de terra, a poeira que me invadiu os olhos. Por acaso, Mariana chegou naquela hora. Seu polegar grosso e encardido e o indicador sacudiam as minhas pálpebras e ela rezava baixinho: "Santa Luzia passou por aqui / com seu cavalinho, comendo capim / Santa Luiza tinha três filhas / Uma cosia, outra bordava, outra tirava cisco dos olhos / Corre, corre, cavaleiro / vai na casa do barbeiro / diga a Santa Luzia para tirar este cisco daqui". Se a santa se dispusesse a atender algum mortal, haveria de ser aquela mulher precocemente velha, miserável, de pés no chão e pura. A verdade é que os olhos ficaram limpos. Ela se dizia ainda rezadeira de "zipra", doença que nem eu, nem os dicionários sabemos o que seja. Segundo ela, a tal zipra atacava as virilhas e as avermelhava e fazia arder. Neste caso, era preciso pegar um raminho qualquer, molhá-lo na água e aspergi-la na parte afetada, falando que o mal haveria de sair com "folhas do monte e água da fonte". Algum êxito conseguia Mariana, procurada pelos nativos e veranistas. Pela idade de então, ela já deve estar morta e no céu, com toda a certeza.

Bom se Mariana, de algum recanto do paraíso, pudesse rezar o Brasil, tão necessitado, pobrezinho, neste momento em que vagueia, desgovernado nas mãos de incompetentes, sem nenhum pudor de vilipendiar o país. Para atender conveniências do governo, desdobram-se ministérios, sem que ninguém dê pela coisa, tida como prática normal. Um ministério, como intuitivo, atende a necessidade de racionalizar a administração. Não existe para satisfazer conchavos políticos que presenteiam os partidos aliados com posições abertas no primeiro escalão. Vão eles aparecendo com gastos de instalação, preservação e pessoal. Nitidamente, o conjunto de ministérios vai inchando. E nós pagando. Um dia desses, acorda-se e topa-se com um ministério dos lagos e lagoas; outro, das vilas e povoados; outro, só das estradas vicinais; mais outro, das abelhas e do mel. Daqui a pouco, surge o ministério da caça logo cindido, sempre para cumprir os acertos do governo. E mesmo este se cindirá e se dividirá noutros, até que se chegue, pelas transformações continuadas, ao ministério das preás, com departamento jurídico, diretor-geral, carro com motorista para todo mundo, ministros com nome em lista para entrar no planalto, como hoje em dia há nas festas e casamentos. Um acinte.

É preciso benzer o país, para esconjurá-lo de tantas maldições, inclusive o apetite, que se vai aguçando, pelo terceiro mandato. Além das preces, cabe clamar pelas rezadeiras, mortas e vivas, para que elas rezem o Brasil, talvez com Mariana na frente de todas, reafirmando a fé nossa e dela, na única força capaz de melhorar as coisas. Afinal, "Deus é o sol, Deus é a luz, Deus é o sumo de toda a verdade".

Romancista ao norte, ao sul

NÃO SEI SE FOI LÚCIA, MINHA IRMÃ, QUEM PERGUNTOU, OU SE eu mesmo imaginei esta pergunta: se Rachel, com ch, se pronuncia Raquel, com qu, por que não escrever Cheiroz, para obter o mesmo resultado fonético, no sobrenome da escritora cearense, falecida ainda há pouco, a primeira mulher na Academia Brasileira de Letras? Isso aconteceu na nossa infância. O meu pai mandava a gente copiar um trecho da coluna de Rachel, na última página da revista *O Cruzeiro*. Repeti a indagação à escritora, no nosso único encontro, um almoço, promovido pelo Alberto Venancio Filho, colega de Rachel na Academia. Ela comentou: "as crianças são lógicas." Mais não disse.

Sinceramente, não a achei simpática. Talvez porque o leitor vai formando, na cabeça, uma imagem dos escritores e frustra-se quando os vê, em carne e osso, como pessoas comuns, fora do mundo onde os descobriu. Fomos buscá-la, Venancio e eu, no edifício onde morava, batizado com o nome dela. Orgulhosa, dispensou o braço de um de nós, para mostrar a sua capacidade de movimentar-se sozinha, apesar da idade e da vista, prejudicada pelo diabetes. Reclamou dos cuidados excessivos de outra escritora, quando saíam juntas.

O almoço começou e terminou com Rachel de Queiroz comendo à beça. De certo, aproveitava a distância dos olhos da família, preocupada em preservar-lhe a saúde. Dois pães, primeiro e segundo pratos, uma lasca de rocambole com baba de moça. De quebra, uma bagaceira, sorvida com gosto, gole a gole, depois do café e biscoitinhos.

Rachel falou, insistentemente, sobre a necessidade de vigiar os "vermelhos" da Academia. Eu nunca tinha ouvido nada sobre "vermelhos" na ABL. Lembrei-me de uma das prisões de Rachel, na juventude, descrita pelo Padre Casemiro Campos, conterrâneo dela. De si própria falou pouco. Disse da sua preferência pela rede cearense, para dormir. A cama servia para colocar livros e escritos. Reclamou do diabetes. Ler comprido, agora, só mesmo Dostoiévski, com a ajuda de uma lente especial. Comentei uma entrevista, na qual ela dizia que o seu livro preferido era o *Diário*, de Samuel Pepys. Conhecia o livro, é claro, porém não se lembrava da preferência.

No almoço, a acadêmica fez-me apenas uma pergunta. Respondeu as minhas e ignorou-me o resto do tempo. Honestamente, não fiz caso disso. Nem esperei digressões literárias por parte dela. Certas pessoas acham que os professores, escritores, artistas só conseguem ocupar-se dos assuntos do seu ofício. Imaginando que os chás da Academia fossem reservados a tertúlias literárias, uma deslumbrada questionava certo acadêmico sobre o tema das conversas, nessas reuniões. Impacientou-se o imortal: "a gente discute se Capitu deu ou não deu". Lya Corrêa Dutra contava que telefonou a Cândido Portinari para combinar um encontro. "Hoje à noite não, porque vem cá o Villa-Lobos". Ligou de novo, no dia seguinte, e perguntou sobre a visita: "Eu falei sobre pintura, ele, sobre música... conversinha chata...".

Rachel de Queiroz é uma das minhas predileções na literatura brasileira. Antes de alfabetizar-me, na hora de dormir, já ouvia narrativas extraídas dos seus livros e crônicas e simplificadas pelo meu pai, um exímio contador de histórias. Aquela cena de "O quinze", o dono da terra atirando as tripas de uma cabrita, abatida pelos retirantes mortos de fome, era comovedora. Aí pelos 12 anos, li o livro, pela primeira vez, numa edição da José Olympio, acrescida de *João Miguel* e *Caminho de pedras*. O *quinze* foi anunciado pela crítica de Alceu Amoroso Lima com a exclamação "Romancista ao norte!". Nunca mais deixei de lê-la, nos seus livros, nas suas crônicas, muitas delas contos do melhor lavor.

Já na faculdade, uma das primas de Rachel disse que O *quinze*, o seu livro de estreia, sem dúvida a melhor das suas obras, continha muito da sua própria vida, impregnado das lembranças do amor dela por um primo, apresentado como Vicente. Chico Bento, Mocinha, Mãe Nácia eram pessoas reais, ligadas a ela, a Conceição, protagonista do romance.

O estilo solto da escritora permaneceu constante, na essência, anos afora, até o fim. O *Memorial de Maria Moura* fechou o ciclo das suas produções de porte. Mas Rachel de Queiroz universalizou o regionalismo. Espalhou pelo país as coisas do Ceará, com tal arte e graça que fazia o leitor não apenas espectador, porém participante de tudo aquilo. A gente lia e, se saía um pouco cearense, não ficava nisso. Absorvia a narrativa, como se tudo se houvesse passado, no meu caso, na cidade e nas roças do município de Cachoeiro de Itapemirim. Ocupava-se também do quotidiano do país e do mundo, vistos e analisados por uma ótica peculiar. O *quinze* é fundamental para a compreensão do Brasil. Se não se equipara a *Raízes do Brasil*, de Sergio Buarque de Holanda, nem, muito menos, ao clássico *Casa grande e senzala*, de Gilberto Freire, não fica longe do gênero quanto à fina descrição de uma região do país, num momento relevante. É um romance social.

Rachel de Queiroz foi oposicionista ferrenha do governo de Jango. Quando Brizola agrediu David Nasser, ela mandou ao jornalista um bilhete, dizendo que o centauro não descera de si mesmo; foi com casco e tudo. Veio a Revolução e com ela a presidência de Castelo Branco, também cearense e seu primo. Aplaudiu todo o tempo o general, antecipando, quanto a ele, muitos aspectos do julgamento da história. Não percebeu, todavia, a implantação da ditadura medonha. Calou às barbaridades do sistema, no terceiro governo militar, quiçá sem perceber que ele mudara para algo diferente do primeiro governo austero e liberal de Castelo. Dizia-se um tanto preguiçosa. Talvez por isso o seu discurso de posse, na Academia Brasileira de Letras, ficou muito aquém do esperado.

Vai-se Rachel de Queiroz, nonagenária, resistente às provações da vida e da saúde, como sói acontecer a cearenses de boa cepa. Deixa uma obra sua, que não se encaixa numa escola literária determinada, mas alcança, em todos os momentos, o fim da literatura, que é a palavra usada como arte para acender a sensação do belo. Pode-se despedir dela, sem se esperar ter feito todos os elogios merecidos porque, como no "Louvado", que lhe dedicou Manuel Bandeira, "... por mais que a louvemos/ nunca a louvaremos bem./ Em nome do Pai, do Filho e do Espírito Santo, amém."

Artista, arquiteto, pedreiro

SUPONHO JÁ TER ULTRAPASSADO A IDADE DOS SUPERLATIVOS. Às vezes, no entanto, descubro-me na situação de precisar dizer algo em tom de verdade absoluta. A dadivosidade de um cliente torna-me hóspede do Hôtel de Crillon, o mais belo da França, ou ao menos de Paris. Sei que alguém me poderá opor contradita ardorosa. O contestador talvez lembre o Hotel Ritz, celebrado em prosa e verso. Belíssimo embora, abrindo-se para o esplendor arquitetônico da praça Vendôme, com Napoleão vestido de imperador romano, no topo do pedestal cunhado com o bronze fundido dos canhões de Austerlitz. O hotel não descortina a vastidão da planície para a qual se abre o seu concorrente, na Place de la Concorde, cortada pelo Sena, jardins de um lado e de outro, o Obelisco no meio. O Ritz não dispõe desses salões e corredores do Crillon, cintilantes em mármores coloridos, harmoniosamente conjugados, em tons castanho, rosa e madrepérola. Não estou aqui, entretanto, para essas comparações sem muito sentido. Não descarto a possibilidade de alguém falar num outro hotel como superior aos dois, só pelo prazer de divergir.

Enquanto passo o tempo necessário para telefonar ao Rio, cinco horas mais cedo, leio um resumo da história do Hôtel de Crillon. Em 1775, a praça da Concórdia chamava-se Luís XV. Construiu-se, no seu número 10, sob a supervisão do duque d'Aumont, cavalheiro de gosto refinado, o edifício que, segundo a correta qualificação do prospecto, agruparia esculturas delicadas e madeirame ricamente entalhado, em particular o teto do soberbo Salão das Águias.

Louis François Trouard, o arquiteto responsável pela construção do palácio, e o duque d'Aumont, supervisor dela, terão desenvolvido o projeto, senão sob o sentimento da imortalidade, ao menos sem a lembrança da mortalidade que, seguramente, haveria impedido a execução de quase todas as obras do acervo artístico e cultural da humanidade.

Se estivessem conscientes da sua mortalidade, duque e arquiteto desistiriam da empreitada. Por que o trabalho e as inquietações de treze compridos anos, para logo deixarem o mundo sem tirar proveito, senão da posse, ao menos da visão do palácio, erguido com dedicação e afinco? Vistas as coisas desse modo, sob o prisma da duração efêmera da vida, eles teriam procurado tarefa mais leve e menos longa. Conseguiriam mais tempo para aproveitar a existência terrena, finita, curta, se descontados os vários anos do crescimento e aqueles outros, da velhice paralisante. Mas agindo assim, os dois artistas, cujos nomes agora se leem com gratidão, teriam cometido o erro crasso e imperdoável de ignorar que, criado para ser um elo na cadeia interminável dos tempos, o homem é imortal pela contribuição deixada atrás de si, na forma do palácio que arquiteta e constrói, da pedra que assenta nos seus alicerces, da flor que planta no seu jardim.

Sonetos

"ESCOLHEU O SONETO... A FOLHA BRANCA/ PEDE-LHE A INSpiração..." No "Soneto de Natal", de cujo primeiro terceto se retiraram esses versos, Machado de Assis mostra, voluntária ou involuntariamente, a sua preferência por essa forma de composição poética, da qual deixou as mais belas criações do seu estro. "Círculo vicioso", "Spinosa", "Soneto de Natal" e, sobretudo, "A Carolina", por muitos considerado o melhor da literatura brasileira, constituem exemplos da devoção de Machado ao soneto, que num recanto de duas quadras e dois tercetos, quatorze versos portanto, põe o mundo inteiro, para usar o verso dele próprio.

Não existirá modo mais perfeito de exprimir, poeticamente, o sentimento; de reproduzir, em verso, um sonho; de celebrar a vida, ou de chorar desenganos, tropeços e desesperanças; de cantar amores e lamentar decepções. Já se atribuiu a Vieira, e também a um lorde inglês, cujo nome agora me foge, a frase "eu não tive tempo de ser breve", para desculpar-se de um texto prolixo. O soneto requer o tempo necessário à concisão. A leitura dele faz supor, enganosamente, a criação espontânea, fácil e irretocável, resultante da natural capacidade de poetar. As coisas não se passam assim. A elaboração de um soneto decorre, não apenas de um espírito poético, mas da aptidão para dar forma a uma ou mais ideias, para pintar um quadro, ou descrever um tipo, mediante versos feitos com o esmero e a dedicação de quem toma uma pedra preciosa, no seu estado bruto, e a lapida, pacientemente, até transformá-la na joia que se utilizará de maneiras diferentes, do anel ao colar, dos brincos às incrustrações, de adorno do sagrado e do profano.

Descobrem-se, nesse conjunto de poucos versos, quatorze no soneto italiano, igual número no soneto inglês, as figuras de estilo, destinadas a transmitir e provocar sensações. Difere um do outro pela disposição dos versos: no soneto italiano, agrupam-se os versos em duas quadras e dois tercetos, distribuídos, no soneto inglês, em três quadras e um dístico final, tudo formando um todo, em que se separam as quadras e tercetos, uns dos outros, sem espacejamento, como ensinam especialistas da altura de Celso Cunha e Lindley Cintra, na sua acatada *Nova gramática de português contemporâneo*.

Não estou aqui para dissertar sobre a estrutura ou classificação dos sonetos. De que adianta dizer, numa simples crônica, que os versos dos sonetos italianos comumente são decassílabos (heroicos ou sáficos), ou dodecassílabos, apelidados "alexandrinos", por serem invenção de Alexandre de Bernay? A minha pretensão, que não consegue ser mais extensa, será glorificar esse gênero de poesia, singular a partir da necessidade de ser sonoro. Soneto, aliás, vem de som; pequeno som, do italiano "sonetto", sonzinho agradável aos ouvidos e à alma.

Nesta página, não há espaço para falar dos sonetos de Shakespeare, dos outros sonetos ingleses, dos franceses, dos portugueses. Ah!, os sonetos de Camões ("alma minha gentil que te partiste/ tão cedo desta vida descontente"; "sete anos de pastor Jacó servia/ Labão, pai de Rachel, serrana bela..."), ou de Bocage ("olha, Marília, as flautas dos pastores/ que bem que soam como estão cadentes"; "meu ser evaporei na lida insana/ do tropel das paixões que me arrastava...").

Fiquemos nos sonetos brasileiros, veículos de pensamentos e palavras lindas; lindíssimas. Alberto de Oliveira publicou *Os cem melhores sonetos brasileiros*, escritos até 1936. Apareceu, em 1950, a segunda série dessa obra, a cargo de Edgard de Rezende que vai de "Ressurreição", de Rodolfo Teófilo, ao "Ser mulher", de Carmen Cinira. Sutilmente, esse selecionador estranha a ausência, na primeira série da obra, de poetas como Gonçalves Dias, Casimiro de Abreu, Fagundes Varela, Junqueira Freire, Hermes Fontes, excluídos da antologia de Alberto de Oliveira porque, nas palavras dele, "autores de poemas belíssimos, nenhum deles produziu sonetos que pudessem tornar maior sua glória".

Concordando-se com os selecionadores, ou divergindo-se deles, deve-se reconhecer a reunião, nas duas séries, senão dos cem melhores, ao menos de uma centena dos melhores sonetos do Brasil.

Ali estão sonetistas de primeira grandeza, de preferência variável, conforme a índole, o temperamento, a sensibilidade de cada leitor. Reconheça-se, entretanto, que todas as composições reunidas serão fonte de sublimação. Fosse eu chamado a apontar os dez melhores sonetistas brasileiros, experimentaria a frustração de me permitirem tão reduzida escolha. Selecionaria, entretanto, Olavo Bilac como o melhor e o mais perfeito de todos eles, tanto me tocam sonetos como "Ouvir estrelas", "Perfeição", "Velhas árvores", "Inania verba", "Vila Rica", "Virgens mortas". Viriam depois, em desordenada nomeação, Machado de Assis, com as quatro composições já referidas; Vicente de Carvalho ("Velho tema"), Raimundo Corrêa, com "As pombas" e "Mal secreto", o próprio Alberto de Oliveira ("Horas mortas", "Vaso chinês"), Augusto dos Anjos ("Metamorfose", "A meu pai morto"), Alceo Walmosy ("Duas almas"), Jorge de Lima ("O acendedor de lampiões"), Hermes Fontes ("Crepúsculo"), Mario de Andrade

("Artista"). Aumentando para treze a minha antologia, eu incluiria Manuel Bandeira, Guilherme de Almeida e Vinícius de Moraes, três autores que se poderiam somar aos dez primeiros, quatorze, quinze, dezesseis e muitos mais. Se me permitissem acrescentar à relação de poetas aqui citados uma espécie de *post scriptum*, eu incluiria B. Lopes, com seus delicados e graciosos "Cromos".

A nota comum a todos esses sonetos será, sem dúvida, a inspiração sublime, a perfeição da forma e riqueza das rimas, a originalidade.

Operam-se maravilhas com o soneto. Veja-se, por exemplo, este quarteto, do português Tomás Ribeiro, citado agora de cor, sem ter eu a certeza de que consta de um soneto. Se soneto não for, merece as galas dele. E não peço desculpas ao leitor pela eventual traição da memória. Já passei do tempo das exatidões. Eis a quadra, como as da sua espécie, composta de versos encadeados, nos quais a última sílaba tônica do verso anterior rima com palavra posta no meio do verso posterior: "as flores d'alma que se alteiam belas/ puras, singelas, orvalhadas, vivas/ têm mais aroma e são mais formosas/ que as pobres rosas no jardim cativas".

E as onomatopeias, imitação do som da natureza ou de uma coisa (Bilac, em "Vila Rica": "a neblina roçando o chão cicia em prece"); (Batista Cepelos, no "Trem de ferro": "um fino apito estrídulo sibila... rangem as rodas num arranco perro"). "O ângelus plange ao longe em doloroso dobre", de Bilac, de novo em "Vila Rica", não cai distante de "les sanglots longs des violons de l'automne", da "Chanson d'automne", de Paul Verlaine, embora não seja um soneto.

As coletâneas de sonetos são caixas de joias, que entesouram o que pode existir de belo nas composições poéticas. Afinal, como diz o verso de Boileau, no canto II da "L'art poétique", "un sonnet sans défauts vaut seul un long poème".

Não é sopa

Os cuidados excessivos com a exatidão, na linguagem diária, prejudicam a comunicação. É soporífero o fraseado que evita os tropos e esclarece tudo tim-tim por tim-tim, sem omitir nenhum pormenor, escandido como se fosse elemento essencial da exposição. Inconsútil só a túnica do verso de Raimundo Corrêa. Não a linguagem, que deixa nas suas dobras, ou nas entrelinhas, o quanto dispensa explicitação. As minúcias cansam. Foge-se como o diabo da cruz daqueles chatos, amigos das particularidades. Conheci um dos tais. Ficou com o apelido de "espalha-bolinho". Era ele entrar numa roda e todo mundo lembrar-se de algum compromisso. Outro insano não apenas era detalhista e lógico, como exigia essa atitude dos outros. Ouviu "Chão de estrelas", de Orestes Barbosa e Silvio Caldas: "a porta do barraco era sem trinco; mas a lua furando nosso zinco; salpicava de estrelas nosso chão. Tu pisavas nos astros distraída...". Embirrou: "astros não se refletem no chão, nem ninguém pisa neles. Se se refletissem, refletiriam no peito do pé ...". Desse jeito, não há poesia que resista. Vontade de dar-lhe um tabefe.

Também o apego obsessivo à indicação das fontes pode privar os interlocutores de uma ideia, de uma reflexão, de uma *boutade*, de uma frase inteligente. Certo conferencista sentou-se numa das cadeiras da direita da mesa. O apresentador, desses agora em voga nas solenidades, pediu-lhe para sentar-se no centro, na cadeira do conferencista. Mais tarde, contou que teve ganas de dizer que, sendo ele o conferencista, a cadeira do conferencista era aquela onde estava sentado. Silenciou, por não ter certeza se a paráfrase seria de Sancho Pança, ou de Franklin Roosevelt. Perdeu a oportunidade de captar a benevolência, a simpatia do auditório, com um dito espirituoso.

Dizendo que a cadeira do presidente era sempre a sua, não teria Roosevelt feito uma apropriação da fala do escudeiro de Dom Quixote? E daí? "As armas e os barões assinalados" é o "arma virumque cano", de Virgílio. A Eneida inspirou-se em Homero, que se terá inspirado em sabe-se lá quem.

Nos textos científicos, a precisão, por certo, torna-se necessária. Não na comunicação corriqueira. Tanto melhor se ela puder ser exata quanto à fonte. O engano, contudo, é perdoável, quando se quiser destacar o fato, e não a origem dele. Numa destas crônicas, atribuí a Álvaro Lins a autoria do livro "As amargas não", de Álvaro Moreyra (moreíra, por favor, como querem alguns devotos da pronúncia correta do nome do memorialista). Eu deveria ter evitado o equívoco. Entretanto, se o meu visível propósito era destacar o título da obra, não cometi nenhum pecado mortal, senão uma cinca inocente. Escrevendo, tropeçam grandes e pequenos: no capítulo XXIII do Dom Quixote, roubam a Sancho Pança o seu asno, mas no capítulo XXIV, o escudeiro reaparece aboletado na montaria, como se não a tivesse perdido.

Por falar em Roosevelt, já o apontei como o destinatário da farpa de Henry Mencken: se canibalismo desse voto, ele começaria a engordar um missionário, no quintal da Casa Branca. Errei. O jornalista dirigiu o petardo a Harry Truman, no *Baltimore Sun* de 7 de novembro de 1948 (viva o rigor na indicação da fonte!), como aprendi ontem. Mencken, ironizando os expedientes eleitoreiros de Truman, escreveu que se, no país, existisse um número considerável de canibais, ele lhes teria prometido, gratuitamente, alguns missionários cevados à custa dos contribuintes.

Para censurar os paranoicos da exatidão, contei, num artigo jurídico, o episódio de certo lorde inglês, colhido numa dessas histórias anedóticas. Ele viajava de trem com um amigo. Passaram por um rebanho de carneiros de tosa recente, andando na mesma direção do trem. O amigo observou que aqueles carneiros haviam sido tosqueados. O lorde apertou os olhos e disse prudente: "foram sim; pelo menos da banda de cá".

Ainda quando repetida de mil modos diferentes, a linguagem não alcança todos os ouvintes, ou leitores. Por razões diversas, muitos deles continuarão impermeáveis à mensagem. Esfalfam-se os professores novatos, na tentativa de levar cada aluno da turma a compreender a matéria exposta. Tarefa deveras espinhosa, quase sempre frustrânea.

Reconheça-se, porém, que, tanto quanto a linguagem minudente pode cansar, a falta de explicitude às vezes pode confundir. Naquele mesmo artigo, eu falei do possível embaraço da cozinheira com a receita que mandasse usar "amido de milho, na medida de duas colheres do tamanho das de sopa", em vez de dizer, simplesmente, "duas colheres de sopa de maisena", como está em todos os livros de culinária e cadernos de receitas. Especialmente nesses cadernos, cheios de anotações sincopadas, só compreensíveis pela própria dona. A minha amiga Teresa Nunes Ferreira lembra que neles, muitas vezes, se encontram anotações do tipo "biscoitos de nata da Zilda da Antônia", esta a patroa, aquela a cozinheira.

Há situações em que se acaba lamentando a falta de explicitude. Monica Ferrez Solberg mandou-me um *e-mail* lisonjeiro. Contou o caso, vindo de fonte anônima, do médico que receita para a criança desidratada, além de um medicamento, "duas colheres de sopa de Coca-Cola". Dias depois, recebe um telefonema da mãe: "ela ficou boa, doutor. Tomou o remédio com facilidade. Mas não consegui fazer ela aceitar a sopa de Coca-Cola. E olha que eu pus até um longe de alho".

Os músicos

ESTA CRÔNICA DEVERIA OCUPAR-SE DOS TAIS TEMAS PALPITANtes da atualidade. Assunto não falta. Por exemplo, a chacina de Fernandinho Beira-Mar. Esse monstro, oculto no apelido enganoso, matou seus adversários, na prisão de segurança máxima. Foi transferido de cadeia e trancafiado sozinho numa cela, de onde já não poderá comandar a sua malha de traficantes. Assim prometem as autoridades, sempre tão convictas nas suas conclusões. Elias Maluco deveria ser nome de um desses doidinhos inofensivos, perambulantes nas ruas de todas as Cachoeiro de Itapemirim do Brasil. Pois não é: mata para livrar-se dos inimigos, mas também por qualquer "dá cá aquela palha." Mata torturando, só pelo gosto do sofrimento da vítima. A prisão dele foi um tento do governo de Benedita da Silva.

Por falar na Benedita, há quanto tempo não se ouve a expressão de incredulidade "será o benedito?". Ela veio da escolha de Benedito Valadares para interventor de Minas Gerais. Getúlio Vargas não deu o posto a nenhum político capaz de fazer-lhe sombra, ou de ambicionar o seu cargo. Chamou Benedito, dentista prático e político de segunda plana. A escolha do ditador surpreendeu. Por isso, a expressão, pouco usada nestes dias. Não estará Benedita no próximo governo do Rio, por muitos motivos, inclusive a péssima assessoria publicitária. Outro dia, a pobre-diabo desperdiçou nove minutos na televisão, tempo à beça. Olhou de banda, só para o entrevistador, sem dar bola para a audiência. Ao telespectador coube, exclusivamente, a voz dela, aliás fazendo considerações sensatas, e aquele pescoço rijo, longo, lustroso, tomando a cena.

Outra matéria da ordem do dia, o processo eleitoral tem por marca a inópia de ideias. Tudo retalhos de outros discursos; tudo repetição de táticas requentadas, com promessas populistas, e de proezas impossíveis. Nada empolga, nem diverte. Tudo aborrece. Por isso mesmo, é melhor tratar de outro assunto.

Fui, sexta-feira, ao Theatro Municipal, ainda com h, para mostrar e manter a tradição. Assisti à orquestra de câmara italiana "I Musici", presente ao menos com um CD em cada boa discoteca. Eles estão de aniversário: cinquenta anos de música clássica de primeiríssima, executada por violinos, violas, violoncelos, contrabaixo e cravo, dominados pelas mãos mágicas dos músicos que se vão sucedendo. Antecessores e sucessores guardam, em comum, a capacidade de despertar de cada instrumento as melodias que ali dormem, como disse certa vez o meu pai, antes de um concerto de piano.

Neruda celebrou Castro Alves: "cantaste bem. Cantaste como se deve cantar". Os músicos do conjunto que, com gente como eles, basta chamar-se, simplesmente, "Os Músicos", tocaram bem. Tocaram como se deve tocar.

A primeira parte da exibição foi dedicada a Vivaldi. Quatro dos concertos para violino e outras cordas do padre libertino, assinalado, entretanto, pela graça de fazer a música mais pura, harmônica e vibrante, tantas vezes composta às pressas, há mais de dois séculos executada pelos melhores conjuntos e orquestras, envolvente em cada *allegro*, em cada *largo*, em cada *presto*, sublime nos adágios.

"I Musici" apresentou, na segunda parte da audição, composições de Pergolesi, Locatelli, Dvorak e Haendel, sempre para cordas.

Os solos do violino Stradivarius, de 1702, de Mariana Sirbu, virtuosa maior de um conjunto de virtuosos, extasiam na precisa execução de cada acorde, cujas notas se distinguem, individualmente, como lágrimas de orvalho na pétala de uma flor. No fundo, o cravo de Maria Tereza Garatti, uma senhora música, com o semblante de *nonna* espagueteira.

A um só tempo, os arcos sobem e descem. Resvalam para um lado e para o outro sobre as cordas tesas. Suspendem-se por alguns segundos, para logo tocá-las de novo, ora tirando um som límpido, ora "sujando o som", como se costuma dizer, para a produção de inefáveis sensações auditivas. O violino de Mariana Sirbu conversa com os demais instrumentos, como é próprio dos concertos. Nessa forma de composição musical, competem o solista e a orquestra. Mariana silencia os seus companheiros. Tocando sozinha, ou em conjunto com eles, é sempre dela o destaque.

Quem vê o espetáculo se esquece de que não se improvisa a execução, tão perfeita e espontânea ela se apresenta. São horas diárias de ensaios de longa duração. É um tentar, errar, corrigir, acertar, melhorar constante, até atingir-se a perfeição. A sincronia dos movimentos de Mariana Sirbu e de seus companheiros revela a conjugação de talento, ciência e prática. O público sai enlevado desse encontro com o belo, entregue pelo gosto dos artistas, desde o Maior de todos eles, de oferecer a sua criação, emanada do poder criador.

Para ser músico como "I Musici" não basta o talento, a vocação, o conhecimento do segredo das notas e das técnicas de execução. Esses atributos não levam a resultado apreciável sem a entrega obstinada do artista à sua arte. Muito idosa, uma cantora lírica americana dizia não precisar de relógio para saber quando eram dez horas da manhã. Começavam aí os seus ensaios diários, tomados por muitas horas seguintes. Atribui-se a Arthur Rubinstein o dito de que, se ficasse um dia sem tocar piano, os seus dedos sentiam; se ficasse dois dias, sentia ele próprio; se três, o público sentia. Certa vez, em Boston, ouvi uma entrevista de Jean Pierre Rampal a uma rádio. Pergunta-lhe o locutor qual o conselho que daria aos músicos jovens. Veio firme a resposta, no inglês embelezado pelo sotaque francês: "Only one: practice, practice, practice".

Por encomenda

NÃO QUERO FAZER INVEJA A NINGUÉM, MAS EU TENHO UM AMIgo. Um, não; vários amigos. Apraz-me a ideia de que eles derramarão uma lágrima quando eu me for, daqui a muitos anos, espero. Só isso, pelo seu alto significado, justifica a existência da gente. Chama-se Pedro um desses meus amigos: Pedro Marinho Nunes, hoje um próspero *pater familias*, que não dissimula, no corpo de homem feito que vai assumindo, o rapazinho espigado, de tez branca e olhos azuis atrás das lentes claras, cabelo louro, repartido no estilo do pai do Pimentinha, aquele garoto arteiro dos quadrinhos de outrora. Meu aluno, depois estagiário, mais tarde colega de escritório, até tomar outros rumos, para o sucesso certo em qualquer atividade. Na lembrança do Pedro, o sorriso solto e convincente, a revelar a paz interna; um cinzeirinho miudinho, para um cigarro só, escondido na gaveta, oferecido de mau grado ao fumante inoportuno, e a camisa do Fluminense.

Compartilhamos Pedro e eu a torcida do "tricolor das Laranjeiras", no epíteto da crônica esportiva. Mas o que em mim é apenas simpatia, no Pedro é fanatismo. Integra o grupo dos tais "fluminenses doentes", graças a cujo apoio o time não sossobra, nem mesmo nos mares da maior turbulência. "Castilho, Píndaro e Pinheiro...", exclamo eu. Ele pergunta orgulhoso: "Você sabia que Castilho amputou um dedo infeccionado só para não deixar de pegar no gol, numa partida decisiva?". Outro dia, Pedro cobrou-me uma crônica falando do Fluminense. Pedi-lhe o roteiro. Ele me mandou... ele mo mandou, para não perder a oportunidade de fazer a contração estilosa. E é esse roteiro que eu agora sigo:

"Jovem estudante de direito" — óbvio que era ele próprio, novinho, simpático, sorridente, descobrindo o mundo. "Senta no fundo da sala" — não sei se era tão no fundo assim, talvez não fosse nas primeiras carteiras. De qualquer modo, chamava atenção a sua figura singular. "Razoavelmente interessado" — a mim me parecia muito interessado. Carlos Eduardo Lins e Silva escreveu que o Pedro tinha curiosidade intelectual. Concordo. "Calado, quase tímido" — eu não diria tímido; o melhor seria pouco exibido, mas sempre atento à exposição, pronto a mandar a sua pergunta na hora certa.

"Domingo" — pois acontecem os domingos, com os seus sucessos, igreja, praia, restaurante, cinema e, para os aficcionados, partida de futebol, no Maracanã, de preferência. "Churrascaria Plataforma" — a churrascaria era e é o lugar onde mais se come nos domingos. Perde talvez para a pizzaria, ainda mais próxima da boca e do bolso. "Professor de direito em rara incursão na noite" — evidentemente, eu. Não eram tão raras assim as incursões. Eu não fazia alarde das minhas idas aos restaurantes. Preferia, no entanto, os menores, pelo silêncio, propício à conversa e até à meditação. "Algazarra saudável" — não gostei do adjetivo do Pedro. Algazarra sempre me pareceu animada, barulhenta, confusa, porém invariavelmente saudável, o que faz redundante o adjetivo.

E o roteiro prossegue: "Hino tricolor cantado a plenos pulmões" — como não, se o Fluminense, naquela tarde, havia vencido o Flamengo, alvo fatal dos seus gols, e arrebatado o campeonato? Hoje, se diria "um dos campeonatos", tantos e tão variados a cartolagem bolou, para mercadejar o inocente futebol de outrora, num tempo em que até o culto ao bom Deus virou negócio. Mas o hino foi cantado, ouvido e sentido. "Bandeiras tremulam" — as tricolores, no ritmo do hino de Lamartine Babo, devotado torcedor do América, mas cheio de brios profissionais, na hora de compor os hinos dos outros clubes. Nenhum flamenguista seria capaz de conceber aquele "eu teria um desgosto profundo, se faltasse o Flamengo no mundo". Se bem que o hino rubro-negro fala, estranhamente, noutro clube: "e nos fla-flus é um ai Jesus". Há outro hino, cantando não um time adversário, mas dois: "a torcida reunida até parece a do fla-flu, Bangu, Bangu, Bangu!" (Eu me achava o único na lembrança disso. Entretanto, na mesma tarde, com espaço de poucas horas, verifiquei que Hamilton Prisco Paraíso e Ricardo Tepedino também se recordavam). Cá em segredo, o hino do Fluminense, sem dúvida bom, não foi tão inspirado assim. "Jovem e torcedor" — era ele, Pedro, divisado por mim, da mesa de onde eu acompanhava a celebração com bons olhos. "Comanda o grupo" — de fato, comandava, expandia-se, ria para todos os lados e regia a música, como se regem as gravações, indo atrás dela, pouco importando se ela seguisse adiante, indiferente aos gestos dele. "Canta o hino do início ao fim" — cantou e ainda hoje segue cantando, como o marinheiro francês, no verso de Castro Alves: "canta os louros do passado e os loureiros do porvir".

"Terça-feira" — terças e quintas, as aulas. O chato, para mim, era vencer o trânsito, na hora do pique, e chegar à faculdade, na Gávea. Uma vez lá, alçavam-se as velas e a exposição corria fluida. "Sala de aula" — a aula, às vezes, virava uma "Feira de Caruaru", onde tem de tudo, conforme o baião. Não se expunha só a matéria, mas de tudo se tratava, inclusive do jogo do domingo. "Tricolor sentado no fundo da sala" — eu lembrei a celebração da vitória do nosso time, no domingo anterior. Descrevi o papel dele, na condução da festa. Sorriu radiante, com os lábios, os dentes, os olhos. "Nova amizade" — saímos juntos depois da aula. O Fluminense, naquela noite, o assunto dominante. Vieram outras aulas e outros momentos que assistiram à consolidação da amizade.

"Perna de pau vira advogado" — nunca o vi, nem soube dele num gramado. Fica, então, difícil dizer se, jogando bola, ele foi, realmente, um perna de pau. Na advocacia, nunca. Nem no estágio, onde se distinguiu entre os demais, naturalmente, sem aquela afetação de primeiro aluno da turma, gritando marraio a torto e a direito, obstinado em convencer os outros e a si próprio da sua superioridade. Advogado, muito jovem ele já se destacava pela capacidade de análise das questões, primeiro vistas de longe, depois examinadas de pertinho, por todos os ângulos. Ouvia e fazia-se ouvir. Foi advogado adulto e completo desde o início, desde sempre. "Pelas mãos do professor" — nada disso. Eu posso tê-lo estimulado, orientado aqui e ali, acendido luzes na sua rota, percorrida, todavia, por conta própria, em voo solo e alto. Aplaudi a sua mudança para a pós-graduação nos Estados Unidos, mesmo antevendo a possibilidade de uma saída do escritório. Nunca mais voltou. Sofri e calei a sua opção por outros caminhos, confiante, entretanto, nos seus êxitos, que vieram rápidos e cheios. Fiquei na primeira fila, aplaudindo de pé o sucesso dele.

"Queria mesmo era ser jogador de futebol", diz o penúltimo dos *bullet points*, que ele mandou para encomendar este texto, de natureza literária indefinida, já não sei se crônica, se achega à biografia dele, ou notícia de uma amizade, iniciada na academia, a partir do gosto do mesmo time de futebol, desenvolvida durante um estágio, e sedimentada num escritório de advocacia. Pedro queria ser jogador de futebol. Não foi. Não será mais. Essa vocação, cortada cerce pelo destino, integrará, na vida dele, o feixe das frustrações que cada homem carrega na alma, composto do que, efetivamente, podia ter sido e não foi, e também de tudo quanto não passou de um sonho impossível.

"VIVA O FLUMINENSE" — este, como era de esperar-se, o último dos pontos do roteiro, posto assim mesmo pelo roteirista, só em maiúsculas, para indicar a força do grito triunfante e a vibração do aplauso. Viva o Fluminense! Foi ele, afinal, quem fez surgir a amizade que começou, desenvolveu-se e permanece íntegra, sob o pálio da bandeira do time ilustre, ao som do hino, cujo primeiro verso exprime a fidelidade e, como no caso destas linhas, o reconhecimento dos seus torcedores: "Sou tricolor de coração".

Mozart não tinha playback

Lembrei-me, hoje de manhã cedo, da história, ouvida na infância, de um pai amável, que acordava o filho com música. O rapaz despertava alegre. Bem-disposto, dava conta das tarefas do dia. Então, acordei os meus colegas Fabiano e Frederico e o nosso estagiário Caetano, aqui em casa por conta de uma arbitragem, com "Jornais da manhã", de Strauss. Seguiram-se à valsa "As quatro estações", de Vivaldi. Já despertos, os moços ouviram o "Concerto para violino e orquestra", de Tchaikovsky e o "Tríplice concerto", de Beethoven. Muita conversa em torno das composições e compositores, dos maestros, solistas, orquestras e instrumentos.

Indaga-se por que, no nosso tempo, quer dizer, a partir da segunda metade do século XX e neste século XXI, ainda tenro, não surgiu, na música erudita, costumeiramente chamada "música clássica", nada tão grandioso quanto as composições dos séculos XVIII e XIX, quando os compositores e regentes não dispunham dos meios técnicos ao alcance, agora, de quem pretendesse fazer música. Mozart não dispunha de *playback*, para ouvir, rever e avaliar cada pedaço das suas composições (uso o substantivo na sua acepção de som gravado, de modo que possa ser repetido para verificar como saiu a execução; não como a mímica labial, simuladora do canto gravado anteriormente). Ele compunha, fixava na pauta e tirava do piano, às vezes com ajuda do violino, o trecho criado, para alçá-lo à perfeição. Difícil supor que, mesmo provido da instrumentária assombrosa dos tempos atuais, Mozart tornasse mais perfeitas, por exemplo, as sinfonias "Haffner", "Linz", "Praga" ou "Júpiter".

A história triste de Mozart faz recordar o filme "Amadeus", também peça de teatro, que atribui a morte do inatingível compositor austríaco, falecido aos 36 anos, a Antonio Salieri, astro da corte vienense do seu tempo, amigo de Haydn e Beethoven, aclamado em toda a Europa por suas óperas e composições, na maioria de músicas sacras. A ideia de tornar Salieri responsável pela morte de Mozart terá partido da notícia de que a suposta vítima acreditava que o italiano havia tentando envenená-lo. Puro devaneio. Nunca existiu prova nem da suspeita, nem da tentativa.

Assisti, certa vez, em Nova York, ao filme e aos comentários que, no final da exibição, lhe fez Peter Ustinov. Ele se confessou impressionado pelo fato de que se pudesse imputar a uma pessoa, que realmente viveu, a morte de um contemporâneo. A peça teatral e a película deixarão, na alma dos ignorantes da biografia dos dois compositores, a crença de que um, se não matou, contribuiu, decisivamente, para a morte do outro. Não obstante a beleza da peça teatral e do filme, elas chocam pela atribuição de culpa a um inocente.

Nem Mozart, nem Brahms, nem Salieri, nem qualquer compositor, antes ou depois deles, até tempos recentes, dispôs de meios de fixação das suas criações, imortalizadas somente em partituras, interpretadas e executadas, na atualidade, em estilo diferente, pelos Karajans, pelos Toscaninis, Jochums, Furtwänglers; pelos Bernsteins, Marriners, Ozawas de todos os tempos, mágicos dos arranjos e batutas, arrebatadores de plateias, mundo afora. Esses, entretanto, dispuseram dos recursos necessários a gravar os compositores e a sua maestria.

Outro que escreveu séculos antes dos avanços da técnica, foi Jean-Jacques Rousseau (ele mesmo, o filósofo e cientista político do *Contrato social*). Tenho em mãos, por artes do *Google*, onde se encontra quase tudo, o seu *Dictionnaire de musique*, edição de 1768. Não sei se há outra. Li, nalgum lugar, que, amigo de Diderot, Rousseau teria contribuído para a *Encyclopédie*. Não com o seu *Dictionnaire*, ausente do volume daquela coletânea dedicado à música, nem em qualquer outro dos seus 40 livros, hoje na minha biblioteca, em edição fac-similar. Noticio aqui o desconhecido livro do autor de tantos outros para destacar que também ele operou a façanha de escrever apenas sobre o que leu e ouviu. Outra proeza dos homens dedicados à arte que compuseram, executaram e escreveram, tudo sem *playback*.

Como foi que Palestrina concebeu e compôs, ainda no século XVI, obras da harmonia celestial da missa *Hodie Christus natus est*? Enquanto a música glorifica o nascimento de Jesus, ela mostra o prodigioso talento de quem foi, na sua época, e também nas subsequentes, muito grande entre os maiores. E Bach, Vivaldi, no século seguinte? E Beethoven, cem anos depois? Wagner e Liszt nunca ouviram as suas criações, senão nos instrumentos tocados por eles mesmos ou por terceiros, nas audições e concertos.

Volta a pergunta insistente: por que nunca mais se produziram gênios dessa envergadura, embora com todos os avanços da técnica de utilização do som, fragmentado, acumulado, multiplicado, reduzido, enxertado, simplificado e adornado, dócil, à vontade de quem manipula os aparelhos desenvolvidos para a criação e aperfeiçoamento das composições?

Não sei se a magnitude da obra dos compositores dos séculos XVI a XIX intimidaria quem tentasse agora compor um concerto, uma sinfonia, ou mesmo uma valsa vienense. Teriam as orquestras e regentes de hoje, à medida que se apresentam com tanta grandiosidade e se fazem próximos pelo poder das gravações, corrompido o estro dos que, noutras condições, poderiam construir peças da melhor qualidade? Ninguém repetirá a tolice daquele cidadão americano que, nos fins do século XIX, propôs a extinção dos serviços de marcas e patentes com o argumento de que já se inventara o quanto poderia ter sido inventado. Convenha-se todavia em que parecem secos os mananciais da música erudita, com as exceções de sempre. Não só dela, mas também no campo da música popular o fenômeno se repete. Não reapareceu ninguém, senão igual, ao menos próximo de Tom Jobim e da turma de compositores da bossa-nova. As músicas de Chico, na atualidade, não se comparam às criações das suas fases anteriores. A mesma coisa acontece com o meu conterrâneo Roberto Carlos, o que digo para mostrar que mesmo o bairrismo tem seus limites.

Não há saudosismo nestas considerações. É preciso acompanhar os tempos. Sublimes os versos dele, ninguém deve esperar um Ary Barroso redivivo, a escrever, para letra de uma das suas músicas, versos líricos, do tipo "creia: toda a quimera se esfuma/ como a brancura da espuma/ que se desmancha na areia". Mas também não se pode pretender a convivência pacífica com arremedos musicais desenxabidos, acompanhados de letras de arrepiar, como "dois, três, quatro, cinco, meia, sete, oito/ está na hora de molhar o biscoito./ Estou no osso mas eu não descanso/ está na hora de afogar o ganso". Isso já seria demais.

Não se perca contudo a esperança de que a técnica, perpetuadora das grandes obras, fará nascer outros gigantes da música de tons variados, que trarão encantamento, êxtase e paz a todos os homens. Assim seja.

O cinturão do general

NÃO VOS INQUIETEIS. AQUIETAI-VOS. NÃO VOU FALAR DO CINturão de nenhum general latino-americano. Tive aborrecimentos suficientes durante a ditadura, quando, na sala de aula, chamei anastrófico ao Hino Nacional. Dias depois, Helio Tornaghi, diretor da faculdade, recebeu ofício de uma patente graduada, protestando contra o professor desrespeitoso, atrevido ao ponto de qualificar de catastrófico o símbolo da pátria amada, idolatrada, salve, salve! Tornaghi mostrou-me o ofício. Rimos com a confusão entre anastrófico e catastrófico.

Cá para nós, o Hino Nacional é anastrófico pela subversão da ordem das palavras. Qual o sujeito de "ouviram do Ipiranga as margens plácidas de um povo heroico o brado retumbante"? No ginásio, em Cachoeiro de Itapemirim, confessei a colegas que o meu apetite se aguçava diante daquele "lábaro que ostentas estrelado". Perguntava, então: "não parece ovo frito?"

Osório Duque Estrada, aliás parente de Tornaghi, era um poetastro. Deixou um livrinho de crítica poética, se a memória não falha e se falhar, não faz mal, pois o opúsculo só merece esquecimento. Quanta diferença entre o Hino Nacional e o Hino à Bandeira, este sim, de Olavo Bilac, embora se descobrisse, na primeira estrofe, o nome de agente de estação ferroviária do interior do Espírito Santo, o seu Augusto da Paz; "salve símbolo augusto da paz". Voltando ao ofício, o diretor da faculdade deu-lhe o destino merecido, ao rasgá-lo e jogá-lo no lixo. Levei muito tempo sem falar em anástrofes e só usei a palavra catástrofe para designar sucessos da política brasileira.

Indo em frente com esta croniqueta, existe Paris e, nela, a Avenida de Marigny, aberta na Praça Clémenceau, na direção da Avenida Champs Elysée. Num lado da praça, a estátua do "Tigre", que dá nome ao logradouro. Lá está ele, de sobretudo e cachecol, sobre uma rocha, mas como quem caminhasse resoluto, na escultura cheia de mobilidade. Na mesma avenida, mais perto do rio, outra estátua, de Winston Churchill, igualmente de casacão, na cabeça um quepe da marinha britânica. A avenida paralela tem o nome de Franklin Roosevelt. Os franceses homenagearam os dois líderes responsáveis por salvá-los das garras de Hitler.

Voltando à Praça Clémenceau, não faz muito tempo Paris ergueu, quase em frente à figura do primeiro-ministro, uma estátua imponente, em aço escovado, do general Charles de Gaulle. Fez-se alto o pedestal para realçar-se a mais importante personalidade francesa do século XX, que preservou a identidade da França durante a II Guerra Mundial e, de Londres, seu refúgio, vivificou o espírito de luta e a esperança dos seus compatriotas. Lá estão gravadas palavras dele, celebrando a liberação de Paris depois da ocupação alemã. Paris ultrajada, mutilada, martirizada, mas afinal libertada. Do outro lado do pedestal, bem no estilo do estadista: "Há um pacto vinte vezes secular entre a grandeza da França e a liberdade do mundo".

Na estátua, de Gaulle encontra-se esculpido em tamanho real, na farda de general francês, coberto pelo boné, retangular na aparência, bem assentado o uniforme no corpo forte e esguio. Sobre o dólmã, o cinturão largo, cingindo o abdômen. Monumento digno da homenagem da veneração e da gratidão dos parisienses, já manifestada quando se mudou o nome da Place de l'Étoile, para Place Charles de Gaulle — Étoile, numa acomodação das divergências entre os que queriam e os que não queriam nova denominação para a praça do Arco do Triunfo.

Num dos volumes das suas memórias do general, *C'etait de Gaulle*, Alain Peyreffite, seu secretário de imprensa, conta que, Presidente da França, de Gaulle baixou instrução, liberando os oficiais generais do uso do cinturão. Com isso ele se permitiu dissimular a barriga deselegante, acentuada pela idade. Eis aí significativa mostra da vaidade de um grande homem, de quem não se esperariam pequenos cuidados do gênero. Não se sabe se de Gaulle, apesar da visão muito deficiente, teimava em não usar óculos também por mera vaidade, como acontece com as mulheres, ou se não se servia deles para manter inalterada a expressão facial que o distinguia, na França e no mundo. Não importam os motivos, lá está Charles de Gaulle, sem óculos, garboso, de mãos abertas, em posição de marcha, na estátua evocativa da sua vida e dos seus feitos, mas com o cinturão que ainda lhe não perturbava a imagem de bravo soldado, para quem a protuberância do ventre seria incômoda. Se a dispensa do cinturão não demonstra vaidade, indica, ao menos, um cuidado na aparência, no empenho de permanecer fisicamente o mesmo, ao longo da história, como permanece hoje, na memória dos seus contemporâneos. Churchill dizia que, por causa de de Gaulle, a Cruz de Lorena foi a mais pesada das que carregou na Segunda Guerra Mundial. Mais uma das tiradas do estadista inglês; frase de efeito como as de que gostava. Na verdade, admirava de Gaulle. A carta escrita por sua viúva ao presidente francês, quando ele, voluntariamente, se afastou do poder, mostra isso. Parecidos um com o outro, é natural que não fiquem distantes as duas estátuas desses pró-homens, cuja imponência a proximidade da estátua de Clémenceau e da Avenida de Roosevelt só faz destacar, em justa exaltação dos grandes, dos maiores estadistas do seu tempo.

José Luiz

HÁ COISA DE 20 DIAS, LI, CASUALMENTE, UM TRECHO DE XEnofonte, na biografia de Ciro, o Grande. Segundo o historiador, aquele rei, fundador do Império Persa, no seu leito de morte exortava os filhos a não acreditarem que, depois do seu falecimento, ele não estaria em parte alguma e não existiria mais: "enquanto permaneci convosco, mesmo não me vendo a alma, sabíeis, pelos atos, que ela estava em meu corpo. Acreditai, pois, que ela ainda é a mesma, embora não a enxergueis".

O excerto lembrou-me o meu amigo José Luiz Bulhões Pedreira, a cuja agonia assisti, desde quando, num gesto comovedor, marcante da nossa amizade, ele me informou da descoberta de dois nódulos no pulmão. Espalhou-se a moléstia incontrolável. Repetiram-se os tratamentos, aqui e lá fora. Ele fingia animar-se com as palavras de esperança dos poucos com quem dividiu o seu sofrimento, parece que até para consolá-los da perda próxima. Vivenciou, estoicamente, o avanço da sombra. Descrevia o seu estado, mas sem qualquer queixa ou inconformismo. Voltou da última viagem aos Estados Unidos com uma sentença de morte. Os médicos americanos deram-lhe apenas seis meses de vida. Não chegou a isso. Faleceu na madrugada da terça, 24 de outubro, com 81 anos de idade, paradoxalmente sem que o corpo do homem alto, forte na aparência, denunciasse a gravidade da situação.

Encontrei na fé, maior que a morte, algum conforto da perda dilacerante. Recordei-me também das palavras de Ciro, coincidentes com a Verdade, revelada mais de seis séculos depois da sua morte. Embora não o enxerguemos, a alma de José Luiz continua presente e pulsante. Isto dá conteúdo e sentido à veneração da gente, fundada naquela absolvição plenária que apaga a lembrança de alguma falha humana, numa espécie de compensação pela morte, vista como a maior das punições.

José Luiz de Bulhões Pedreira Netto encurtou o nome ilustre com que nasceu, em 1º de julho de 1925, para José Luiz Bulhões Pedreira. Este o nome que fica, na advocacia, na doutrina jurídica, na elaboração de leis, na política (tomada esta palavra na pureza da sua acepção helênica), exercida por meio da influência do intelectual em várias atividades públicas e particulares, nas aulas e cursos, noutras manifestações do seu talento, da sua personalidade e do seu coração. Ele foi um desbravador. Uma capacidade incomum de ver e antever, de observar, estudar, informar-se, refletir, às vezes de adivinhar, transformou-o num pioneiro.

Sem dúvida, ele será lembrado pela Lei das Sociedades Anônimas, de 1976. Essa lei, ainda considerada nova porque o processo de adaptação aos textos legislativos se mede em décadas, resultou do encontro de duas imensas capacidades, que se uniram e se completaram para a produção de um código bem estruturado, bem articulado, à altura dos melhores diplomas legislativos contemporâneos, que lhe serviram de paradigma; melhor que qualquer deles nalguns pontos. Para a redação; para a composição dessa lei, concorreram a erudição de Alfredo Lamy Filho, sabedor profundo do direito societário, dono de uma visão universal dos seus institutos, e os conhecimentos de José Luiz Bulhões Pedreira, usados com objetivos pragmáticos de moldar e tornar efetivos os institutos. Os dois juristas, advogados e amigos íntimos, presentearam o Brasil com um monumento legislativo, que não esqueceu os princípios, os modelos do direito comparado, nem se afastou do propósito de propiciar a mais proveitosa aplicação dos dispositivos. Não é um trabalho que contenha normas inócuas, enunciadas apenas para exibir a ciência dos seus autores. Nessa lei, a formação requintada dos dois artífices pôs-se ao serviço de objetivos concretos. O que se quis e se conseguiu foi uma lei moderna, implantadora e reguladora de institutos aptos a funcionar conforme a sua finalidade. A dupla José Luiz-Alfredo Lamy traz à memória o trabalho fantástico de Oscar Niemeyer e Lúcio Costa, juntos na construção de uma cidade destinada a ser contemporânea dos tempos futuros.

Mas o Brasil não deve a José Luiz Bulhões Pedreira apenas a Lei das Sociedades Anônimas. A contribuição dele ao direito e às instituições jurídicas do país encontra-se muito presente num sem-número de peças legislativas, de maior ou menor hierarquia, todas orientadas no sentido de implantar, reformular, modernizar. Veja-se, por exemplo, a lei instituidora da Comissão de Valores Mobiliários — CVM, criada pelo modelo norte-americano, mas com os necessários ajustes à nossa realidade. Ele também lutou, insistentemente, pela revogação da antiga Lei de Falências e por sua substituição por uma lei atual. Com esse ânimo, deu contribuição decisiva à elaboração da nova lei de recuperação judicial, empenhado na adoção de um diploma capaz de atender as necessidades dos dias de hoje. Editada a lei, trabalhou para a efetividade dela, estimulando a criatividade dos especialistas. Deixou inconcluso um volumoso livro sobre sociedades anônimas, obra coletiva, escrita com a colaboração de vários juristas, prestes a ser concluído por Alfredo Lamy Filho, autor, com José Luiz, da maior parte do trabalho.

A nota marcante da vida profissional de José Luiz foi o gosto pela solução de problemas intrincados, obtida com o auxílio da sua vocação de matemático. Certa vez, ele disse que só através da matemática pôde compreender a fenomenologia jurídica. Neste particular, irmanou-se a Pontes de Miranda. Mais que os seus livros, de primeiríssima qualidade, são os seus pareceres, dados para a solução de questões ocorrentes, que revelam a sua concepção do direito. Vale a pena lê-los, para admirar a sua lógica, os seus fundamentos e a sua densidade. Não se perdia em divagações periféricas. Ia diretamente ao ponto. Nas palavras de despedida, à beira do seu túmulo, tive a ocasião de lembrar que a atualidade permanente da sua obra jurídica lhe permitiria continuar ensinando, mesmo depois de morto. Continuará. E ele foi um construtor solitário. Se ouvia com atenção e respeito as opiniões que lhe chegavam, concluía e compunha por si, ditando, para um gravador, ou para uma taquígrafa. Desconfortável com a publicidade, tinha o gosto de criar.

Suponho que, no entendimento de José Luiz, a fórmula de resolver os problemas sociais passava pela metodização dos processos de geração e circulação de riquezas e construção de um novo sistema tributário. Desvendar a sua ideologia será tarefa de um biógrafo.

José Luiz dissimulava a timidez numa espécie de formalismo só aparente porque era suscetível a qualquer manifestação afetiva. Perdeu um dos seus dois filhos, desaparecido numa pesca submarina, mas calava esse drama que, no entanto, se sabia intenso, como depunha o seu amigo mais íntimo, Floriano Peçanha dos Santos, cujo falecimento, em 4 de outubro de 2000, o alquebrou. Gostava de música, particularmente, de *jazz*. Ella Fitzgerald, uma das suas devoções, ele às vezes a ouvia durante um dia inteiro. Nos últimos tempos, reconstruiu, em Petrópolis, a casa serrana do seu pai, Mário Bulhões Pedreira, um dos maiores criminalistas do seu tempo, especialmente na tribuna do júri, morto aos 56 anos de idade. Fazia daquele sítio o seu destino de fim de semana. Comprazia-se em mostrar a propriedade aos visitantes, a bordo de um pequeno carro, adquirido também para isso. Gostava de carnaval. Foram muitos os bailes do Copacabana Palace, nos quais deixava se expandirem sentimentos de alegria, talvez contidos durante o ano, com a sua mulher, Tharcema; Cema, como ele e ela preferem. Morou quase três décadas num anexo desse hotel, talvez porque indisposto a enfrentar os contratempos da manutenção de uma casa, perturbadores do estudo e da criação.

José Luiz Bulhões Pedreira foi um homem generoso. Soube escutar, comover-se, solidarizar-se com o sofrimento alheio e amparar necessitados, tudo isto feito em silêncio. Duas horas antes do seu sepultamento, ouviu-se a voz alta e chorosa de um homem, que vinha em trajes simples, apoiado numa bengala, e repetia, como se alguém quisesse contê-lo: "Me deixem ver o meu amigo; quero ver o meu amigo". Debruçando-se sobre o caixão, o homem beijou a testa do morto. Soube-se depois que era uma pessoa dentre muitas a quem José Luiz estendia a mão, em gesto de amor ao próximo. Não seriam um sinal a voz, as lágrimas, o beijo daquele homem pobre?

Relógios e horas

HÁ ALGUM TEMPO, TENHO PASSADO PARTE DO DITO, EXAMInando a coleção de livros sobre relógios. Relógios de pulso, diga-se a verdade, pois de quase nada disponho sobre os relógios de parede ou de mesa. Não me interessam, no momento. Bastam-me as badaladas do relógio Festeau, na parede do corredor, um pouco trabalhoso pela necessidade da corda diária, ou o silêncio do atraente Jaeger Le Coultre, todo dourado, numa das mesas da sala, movimentado pelo composto químico, engarrafado em dois tubinhos, e pelas mutações da atmosfera. Acredite quem quiser, a relojoaria assegura a duração desses enigmáticos tubos: 15 anos. Só depois desse tempo precisarão ser substituídos. Aos 62, nutro a esperança de ainda trocar ao menos três vezes esses artefatos de metal amarelo fosco, mas cabe a Deus, não a mim, decidir a questão fundamental do meu tempo de permanência aqui embaixo. Sobre o relógio da mesa da sala quero dizer-vos do meu encantamento com o disco de metal folheado a ouro, permanentemente girando, num sentido e noutro. Há outros reloginhos de mesa, espalhados pela casa, todos baratos, "made in China", mas pontuais na função de dizer a hora, desempenhada com seriedade e eficiência. Um deles me acompanha nas viagens para suprir eventuais defeitos do sistema eletrônico, ou da vigilância humana dos hotéis. Não chegam a ser relógios de categoria. Digo isto sem intenções ofensivas, pois gosto dos bichinhos, humildes, econômicos, silenciosos e precisos, sóbrios na exigência de uma pilha, de quando em vez, para seguirem trabalhando sem incomodar ninguém.

Ainda por findar a referência aos relógios de parede, ou de pé, mudo de parágrafo para dizer que supre a falta deles, no meu apartamento e no escritório, a lembrança do Ansonia, da casa da minha avó, em Fundão, no centro do Espírito Santo. Ele soava, no meio da noite, uma badalada, marcando cada meia hora e tantas quantas correspondessem à hora inteira, seis, sete, oito, doze à meia-noite e ao meio-dia. Soavam o relógio e a buzina dos trens de minério da Vale do Rio Doce, rompendo a escuridão, rumo a Vitória. Na casa da roça, em Mutrapeba, esse relógio de badalo marcou dolente cada uma das derradeiras horas do meu avô paterno. Desapareceu. Nunca mais ouvi falar dele, mas ouço-o, no barulho do pêndulo, como se agora ele estivesse aqui.

Na nossa vizinhança, em Cachoeiro, havia também o cuco, na casa do seu João Carriço. A gente vigiava a hora certa, só para ver abrir-se a janelinha e sair dela um passarinho de metal. Ninguém sabia, como quase ninguém sabe, da invenção desse relógio, na primeira metade do século XVII, possivelmente por um certo Anton Ketterer, morador da Floresta Negra, propícia, no inverno, ao recolhimento e a invenções. Não sou um erudito conhecedor de relógios e dos seus autores, nem me quero passar por isso, quando alcancei, nesta vida, a fase de não pretender passar-me por nada, apenas uma cara entre os bilhões de pessoas incumbidas de empurrarem o mundo. Do outro lado da rua Dom Fernando, onde o cuco marcava as horas, havia outro relógio maior e moderno, na casa do seu Milton Bueno. Ele marcava as horas, martelando o número delas sobre uma haste de metal, seguindo-se o estribilho ding-dong-dong-dong, no qual reconhecíamos a música de propaganda do Fimatosan.

Esses sonoros relógios de parede e de pé marcavam, impassivelmente, o nascimento e crescimento, a juventude, a maturidade, a velhice e a morte, a chegada e a partida, os amores e desamores, o trabalho, o repouso, a fé, a descrença, ou a dívida de cada uma daquelas pessoas, reunidas pelo destino numa cidade do interior, para a arte, o fardo, a alegria e a honra de viver.

Visita de sábado

AINDA CUMPRO À RISCA A RECOMENDAÇÃO DA CLÍNICA JOSLIN, de Boston. A receita fez-me emagrecer 30 quilos, faz uns 10 anos: "be as leafy as possible". Hoje, por exemplo, para ser "folhudo", conforme a receita, abri o almoço com várias folhas de alface. Mas confesso, contritamente: depois das folhas, comi linguiça e aipim frito, tutu, arroz e couve. E ainda mandei brasa em três canudinhos de doce de leite... tá certo, quatro. Deixei dois para mais tarde. Almocei sozinho e bem. Tirei uma pestana. Acordei, comi os canudinhos restantes e tive vontade de visitar alguém, como antigamente se fazia e já quase não se faz: visitar pelo gosto da visita.

Horácio e Telma estavam em casa. Fui para lá. Ficamos ele e eu sentados na varanda, bebendo água mineral. Principiamos desancando os governos presente e futuro, mas logo a conversa mudou de rumo, quando Telma trouxe um café e começou a falar da viagem dela a Sergipe, para ver a mãe. E o papo variou de novo porque Luís Roberto, o filho mais velho do casal, veio para a varanda e sentou-se conosco. Queria a indicação de um bom livro de Direito Penal, fixação do estudante do primeiro ano do curso jurídico. "Apaixonam-se pelo Direito Penal e se casam com o Direito Civil. Casamento de conveniência", dizia Roberto Lyra, que se fez velho antes do tempo para desfrutar dos privilégios e homenagens da velhice. Um dia escrevo sobre ele, neste ano do centenário do seu nascimento.

Continuamos ali. Conversa vai, conversa vem, chega Tatiana, sobrinha do dono da casa, com uma sacola de marca famosa. Tinha ido ao Fashion Mall comprar um presente de aniversário para a irmã. Logo depois, surgiu Eric, o marido dela. Ficamos por ali, numa conversa variada, sem terminar nenhum assunto porque logo aparecia outro, sem que ninguém se importasse de largar o anterior.

A conversa seguiu frouxa e espontânea, como devem ser os encontros do gênero, quando sai tudo de improviso. Oscar Wilde foi convidado a retornar, no domingo seguinte, à casa onde estivera, no anterior. Hesitou. Não daria tempo para preparar outra conversa. Iria, se as pessoas não se importassem de ouvir, de novo, o que já tinham ouvido. Agrippino Griecco, dizem, comparecia a reuniões das quais se tornava o centro. Falava de muita coisa e de muita gente, conforme um esquema adrede preparado. No caso de Wilde e de Agrippino, não era, propriamente, uma visita, porém um espetáculo, concebido para uma exibição do talento, da memória, da verve, do humor de um e de outro. Nas visitas verdadeiras, ninguém domina sozinho a cena. Alguns se sobressaem, naturalmente, mas ninguém monopoliza o encontro, no qual todos falam, cada qual por sua vez, consoante as velhas fórmulas tabelioas.

Veio um suco de lima. Depois, um cafezinho com biscoitos de polvilho, trazidos de Sergipe por Telma. Coisa de estalar a língua. Pena que o café não estivesse numa daquelas canequinhas azuis de ágata, usadas no interior, noutros tempos. E o papo seguiu. Abordaram-se coisas da maior gravidade e assuntos frívolos, porém tudo descontraidamente.

Às 8 da noite, saí, porque os dois casais tinham uma festa de aniversário. Além disso, já eram horas. Não precisei fabricar pretexto algum. Apenas levantei-me, despedi-me e fui para casa, com a doce sensação de que ainda pode haver visitas nos fins da tarde de sábado, regadas por café, suco e biscoitos, sem que ninguém se empanturre de comidas pesadas, nem se encharque de bebidas fortes. Apenas um encontro de pessoas que usarão a conversa, para se exprimirem e também para estarem próximas, como exige a índole do homem, esse bicho às vezes bravio, pela desconfiança, pela ambição e pelo medo, mas lindo quando mostra o seu lado amorável. Para isso, não é necessário nenhum evento apoteótico. Basta, por exemplo, a visita de um amigo a outros amigos, numa tarde de sábado.

Peço perdão às maritacas

Camuflam-se entre as folhas das palmeiras e fazem-se invisíveis essas aves, cujo canto, ou melhor, cujo alarido se ouve sob o sol da manhã. De quando em vez, mudam-se ligeiras de uma para outra árvore. Só então deixam-se ver, fugazmente embora, batendo rápido as asinhas verdes. Maritaca, ou maitacaca, é designação das jandaias, encarapitadas por José Alencar, nas frondes da carnaúba, no primeiro capítulo de *Iracema*; no olho do coqueiro, no trigésimo terceiro e último. Não sei se li primeiro *Iracema*, o romance, e vi depois Ester Williams, na tela do Cinema Central, de Cachoeiro. Sempre achei parecida a personagem do romântico brasileiro, saindo d'água, no lago cercado de alcatifa verde, o corpo borrifado de gotículas de água transparente, com a atriz americana, mergulhando na piscina de água enfeitada de guirlandas. A lógica não é indispensável nos domínios da associação.

Nem as maritacas, nem outros pássaros se deixam ver, no meio das copas das árvores do parque Carlos Lacerda, do Aterro do Flamengo. Politonizam, todavia, o seu canto, barulhento ou prolongado, como no caso das maritacas ou do sabiá-laranjeira; do bem-te-vi, escandindo o nome ("bem-te-vi") para ouvir a resposta ("te vi") da companheira.

Não sei quantos passarinhos mais se conseguem ouvir, nas árvores deste parque de Burle Marx e quantos outros só quem os escuta é a memória saudosa da infância.

Pegavam-se coleiros no alçapão, pequena gaiola, ou melhor, armadilha retangular de hastes finas de bambu, preparada de modo a fazer cair a tampa, quando o bichinho entrasse para comer os grãos de arroz, ou painça, espalhados pelo forro. Ninguém se apiedava da avezinha minúscula, esvoaçando louca para escapar da emboscada. A mão vitoriosa tirava o coleiro da pequena prisão, para metê-lo na gaiola de arame, onde ele, cedo ou tarde, começaria a cantar, domesticado, ou conformado com a prisão inclemente, habituado a ela. Só de lembrar, arrepia o visgo, cola feita com o líquido viscoso da jaqueira, enfiada na ponta de uma haste qualquer, onde a ave pousava para ficar pelos pezinhos, embaraçados na goma que os segurava. Uma canção de roda falava da desditosa "rolinha andou, andou / caiu no laço, se embaraçou / oh me dá um abraço / que eu desembaraço / pobre da rolinha que caiu no laço..." Mas elas caíam mesmo sob o mundéu, armado para apanhá-las. Safavam-se dele as cambaxirras ariscas, "cambuxirras", na minha terra. Não me lembro de ninguém pegando andorinhas, livres e saltitantes, na torre da Matriz de Nosso Senhor dos Passos. Um encanto vê-las, de olhinhos abertos, o pescoço minúsculo ligeiramente tombado para a direita ou para a esquerda. Às vezes dormiam, na luz do dia, a cabeça sob a asa protetora.

As aulas do grupo escolar começavam ao meio-dia. Logo depois, entretidos na cópia ou no ditado, ouvíamos o martelar curto e sonoro da araponga. Injustiça com a araponga designar pelo seu nome os policiais envolvidos em grampos, escutas, informações e denúncias. Alternando com as arapongas, os caburés e bacuraus, já não sei qual gritando "amanhã eu vou; amanhã eu vou". Nos fios elétricos, bem visíveis pela janela, canários-da-terra trinavam. O canto incessante deles fazia-os procurados para o cativeiro, nas gaiolas estreitas. Os canários belgas soltavam felizes a voz nas gaiolas, onde nasciam e morriam porque não conseguem sobreviver soltos, incapazes de buscar alimentos na natureza.

Vinha a Festa de Cachoeiro, no dia 29 de junho. Exibiam-se, nas gaiolas, os passarinhos da terra, caídos prisioneiros nos alçapões e gaiolas traiçoeiras. Havia, na exposição do Grupo Escolar Bernardino Monteiro, os sobreditos e muitos outros, como catataus, curiós, sanhaços, azulões, joões-de-barro, tico-ticos, um ou outro rouxinol e gaturamo, coisinha linda, voz alta e afinada, peito amarelo, asas, dorso e cabeças de um azul escuro e brilhoso. Do joão-de-barro, não se pode esquecer que faz a casa, pacientemente, com grãos de barro, postos por ele, um a um, sobre um galho de árvore, até completar o abrigo. Na crendice popular, esse passarinho emparedava a companheira, depois da postura dos filhotes, num canto da morada, até que ela morresse inane. Dura de acreditar nessa balela de ave uxoricida.

E por falar em passarinho uxoricida quero confessar que fiz parte de uma geração de meninos e homens avecidas, como ainda existem soltos por aí. Gordo e desajeitado, nunca cheguei a abater um passarinho, com pedra, mamona ou bolota de barro, seca no sol, atiradas por uma seta de tiras de borracha, presas, numa extremidade, a um pedaço de couro mole e, na outra, a uma forquilha de árvore. Tentei e amarguei o fracasso, que não me absolve do crime de tentativa de avecídio. Expio ainda uma brutalidade inconsciente perpetrada com a mais limpa das intenções. Já maduro, eu morava numa perpendicular da Fonte da Saudade, no Rio, quando me veio a ideia de atrair beija-flores à minha janela. Comprei um bebedouro de plástico, no qual pus água adoçada com açúcar refinado. Logo chegaram os beija-flores. Tiravam a água doce com o bico longo e fino, enfiado na flor de plástico, enquanto as asas oscilavam quase invisíveis. Um passarinho miúdo, coisa de nada, chamado caga-sebo conseguia equilibrar-se na tal flor para beber e expulsar, às bicadas, os colibris que se aproximassem do bebedouro. Somente algumas semanas depois alertaram-me para o fato de que a água misturada com o açúcar era veneno para os caga-sebos e beija-flores. Criados para extrair com o bico a doçura das flores, o açúcar industrial agredia o seu intestino delicado e os matava. Não vou perguntar a nenhum penalista se se enquadra em algum tipo penal; se constitui algum crime o meu ato de dar de beber a passarinhos, em bebedouro pendente de uma janela, água envenenada pelo açúcar das máquinas dos homens. Prefiro pensar que não. Ainda assim, em meu próprio nome e no de todos os homens grandes e pequenos que molestaram, prenderam ou mataram as aves do céu, peço às maritacas que aceitem e que levem a todos os outros pássaros o mais contrito pedido de perdão.

Muma e pamonha

VOU FALAR SOBRE A MUMA. ADVOGADO, AS CIRCUNSTÂNCIAS muitas vezes forçam-me a dizer o que não quero. Hoje, entretanto, sábado friorento, sou um homem livre. Acendeu-se o meu apetite por carne assada com tutu. Pois comi isto, junto com arroz e couve. Reprimi a vontade de acrescentar ao almoço um ovo estalado, de gema bem mole. Contive-me porque, aí, seria converter a liberdade em anarquia. Se posso comer tutu com carne assada, posso também falar sobre um prato regional e começar por uma aliteração, chinfrim que só ela. Lá vai: não é múmia, mas muma mesmo. A gente senta-se para escrever sobre um assunto e logo aparecem outros. Já me ocorre deixar o tema proposto e discorrer sobre aliterações e regionalismos. Esses termos tirariam de cena a pobre muma, enxotada do meu palco. Não vou permitir essa injustiça. Seguirei, fiel ao ponto inicial.

Não adianta, minha senhora, ir ao dicionário procurar a definição e a receita. Nem o *Laudelino*, nem o *Aurélio*, muito menos o *Houaiss* registram o vocábulo. O *Google* fala de muma de siri. Omite-se, porém, quanto à muma de caranguejo, iguaria das regiões de Vitória, Timbuí, Mutrapeba e Fundão, nos tempos da minha infância. Era um pirão de farinha com água de caranguejo, aquele catado no manguezal, de casca ainda mais azulada depois de cozido na água fervente. Retirados os caranguejos da água, acrescentavam-se a ela os temperos, coentro e pimenta de cheiro inclusive, e mexia-se a farinha até a consistência de um pirão, azulado e saboroso por causa da cor, do gosto e dos vestígios dos crustáceos, pegos ainda vivos e belicosos. Stanislaw Ponte Preta — Sergio Porto o seu nome de berço — desafiou um coronel da ditadura com fama de valente: "Valente nada. Valente, para mim, é caranguejo, que já vai amarrado pra feira". Gosto de lembrar isso.

A muma agora considerada é um pirão, como qualquer outro, feito com caldo, de galinha, de costela de boi ensopada, de peixe, engrossado com farinha de mandioca. Onde houver mandioca, haverá farinha e haverá pirão, de peixe o mais encontrado. Na roça, era comum mexer-se um embolado de água e farinha, enrolado ainda quente num paninho, posto sobre a orelha para curar dor de ouvido. Isto, quando não se espremia um torresmo quente no ouvido afetado. Quanta gente há de ter ficado surda com esses tratamentos, analgésicos pela quentura, porém ineficazes para curar. O ouvido ficava bom por seus próprios meios. Essas mezinhas e mais alguma reza só davam bom resultado por causa daquele princípio, segundo o qual o remédio distrai o paciente, enquanto a natureza o recupera. O tal embolado não era um pirão e sim um emplastro. Servia também para isca de piaba no rio Itapemirim.

Engraçado não se encontrar receita de pirão no livro *Dona Benta*, presente na cozinha de sucessivas gerações, junto com aqueles cadernos manuscritos, onde se anotavam receitas de doces e salgados com títulos do tipo "biscoito de polvilho da Dilma da Alcy", Dilma a empregada, quase um semovente falante, Alcy a patroa, sua dona.

Próximas do pirão são as misturas de farinha de milho. Fubá com água dá angu; com leite, polenta, encontradiça, hoje, também em restaurantes finos, às vezes requintada por certas adições, como queijo *brie*, acrescentado à mistura singela.

Por falar em milho, andei no Recife, outro dia, à procura de mungunzá, canjica, aqui no sul, milho branco cozido no leite de vaca com açúcar e leite de coco, mais algum cravo e canela. Não encontrei a iguaria. Reminiscências culinárias com o deputado Arthur da Cunha Lima, hoje presidente da Assembleia Legislativa da Paraíba, valeram-me um isopor cheio de pamonhas. Ninguém desconhece as pamonhas de milho ralado, engrossado com leite quente, manteiga e açúcar, derramada a mistura em saquinhos, armados com as folhas mais tenras da espiga e fervidos em água até cozinharem.

O milho sempre esteve presente na minha vida, desde a papa da infância, chamada curau em muitos pontos do Brasil, aos bolos de fubá, sem falar na pipoca. Dava gosto andar pelos milharais de folhas verdes, molhadas pelo orvalho, amarelecidas e secas na época da colheita, quando se quebravam os pés de milho com as mãos e deles se retiravam as espigas maduras. Debulhavam-se as espigas, retorcendo-as com as mãos, girando na direção contrária uma da outra. Usavam-se os sabugos, nos fogões, em lugar das achas de lenha. Eles também serviam para a precária limpeza de quem se aliviasse no meio do mato. Aos 16 anos, fui morar em Iowa, no cinturão do milho americano. Cantavam orgulhosos: "*we are from Iowa; Iowa, that's where the tall corn grows*". A mecanização das fazendas dos Estados Unidos permitiam a um só fazendeiro semear o milho, colhê-lo, debulhá-lo e ensacá-lo.

Na campanha presidencial para a sucessão de Juscelino Kubitscheck, passou por Cachoeiro de Itapemirim a caravana do marechal Teixeira Lott, candidato governista, ou situacionista, como então também se falava. Foi derrotado por Jânio Quadros. Entre muitas impropriedades, ditas país afora, Lott, no seu comício na minha terra, concitou meus conterrâneos ao plantio redentor: "cachoeirenses, é preciso plantar. Plantai milho verde". A resposta veio rápida: "não nasce, sua besta".

Eis que a muma levou-me à pamonha, parentes só de muito longe. São ambas minúsculas realidades distantes, preservadas pela memória da infância e da adolescência, então capaz de gravar, indelevelmente, o que os olhos viram e os ouvidos escutaram. Andaram, aqui pelo Rio, uns carrinhos utilitários, vendendo pamonhas, anunciadas em voz estridente pelo alto-falante com o mesmo pregão, ouvido quando o trenzinho da rota Cachoeiro-Marataíses parava em Paineiras, a principal estação do percurso: "pamonhas fresquinhas; pamonhas quentinhas; pamonhas deliciosas". Comprei duas, vendidas pelo carrinho barulhento, para experimentar, mas rejeitei as impostoras, gordurosas, e açucaradas de cortar a garganta. Certo sábado, acordei muito cedo, já não me lembra a razão. Saí, voltei, deitei-me no sofá da sala para ler os jornais e ouvir a Fonte da Saudade, caindo esperta sob o sol frouxo da manhã. Adormeci para logo ouvir o pregão insistente do carrinho das pamonhas cariocas. O anúncio só serviu para ressuscitar a voz longínqua dos meninos, vendendo pamonhas na plataforma da pequena estação.

Momentos embaraçosos

Num filme, ou numa peça de teatro, já se me esvai a memória, o marido reclama dos frequentes tropeços sociais da mulher. Havia pouco, num hotel londrino, ela pedira um táxi a um homem de fraque e cartola. Não era o porteiro, mas o embaixador da Dinamarca. Não se fez de rogada: "então, o senhor pode dizer o nome de um ou dois bons restaurantes de Copenhague, onde estaremos em breve?" Não sei se será gafe tomar um embaixador engalanado por um porteiro de hotel chique, na sua roupa de trabalho. Cá para nós, eles se parecem e se confundem.

A gafe é comportamento involuntário, mas acabrunhante, capaz de submeter a constrangimento o seu autor e, eventualmente, as pessoas em volta. Fora disso, haverá apenas o dito inoportuno, o gesto inconveniente, a observação infeliz, porém tudo circunstancial e desculpável.

Num restaurante carioca famoso, no recinto dos toaletes, indicam-se o banheiro dos homens e o das mulheres, respectivamente por um limão e uma laranja. Um estrangeiro, em cujo idioma essas duas frutas são neutro, tomou a laranja por masculino e entrou na porta errada. Ouviu exclamações. Saiu às pressas, todo sem graça.

Numa estada em Paris, levei alguns amigos para jantar. O garçom pôs à nossa frente, para começo de conversa, uma pequena bandeja de porcelana. Sobre ela, duas tirinhas retangulares semelhantes a um biscoito, recheadas de um creme branco. Tasquei o dente numa delas. Senti uma concha despedaçar-se na boca. Felizmente, ninguém da mesa me viu devolvendo à colher o material arenoso. Logo chegam os pratos. Um potinho de líquido cor de caldo de carne acompanhava um deles. Eu disse ao comensal indeciso que aquilo devia ser molho para os crustáceos. Não era senão uma lavanda para os dedos untados pelos lagostins. No caso, atraiçoou-me a cor do líquido. Não era, no entanto, a minha noite. Falou-se, na mesa, da falta de tino para negócios de um empresário conhecido. Distraí-me na prelibação do vinho. Retomei a conversa. Disseram algo sobre pai. Supondo tratar-se do pai da pessoa sobre quem se conversava antes, eu comentei que era um safado, um picareta. A mesa olhou-me atônita. "Mas você sequer conhece papai", falou um dos comensais. Só então percebi, aterrorizado, a mudança do assunto: já não se tratava do empresário, mas do pai de um dos meus convidados.

Poderia prosseguir, lembrando episódios, dramáticos uns, divertidos outros, que expuseram as suas personagens a vergonha, ou a chacotas. Numa loja de Vitória, a minha mãe recebeu tratamento frio de uma amiga muito querida, vizinha da nossa casa de veraneio em Marataíses. Insistiu em conversar com ela para determinar a causa do agastamento. Descobriu que se esquecera de convidá-la para o casamento da minha irmã. Mamãe fez-se absolver da falta, debulhando-se em lágrimas, sinceramente sentidas. Num jornal do interior, um colunista social escreveu que, no jantar de aniversário do prefeito, os comensais estavam deliciosos.

Convidado para falar num congresso jurídico em São Paulo, recebeu-me, no aeroporto, o rosto amigo do responsável pelo evento, um contemporâneo da faculdade, desses muitos que se viam com frequência e nunca mais se viram. Abraçamo-nos. Chegamos em cima da hora. Ele fez de mim uma apresentação derramada, elogiosa, bem do costume latino. Principiei, lembrando ao auditório o dispositivo legal que faz suspeitos os juízos dos amigos íntimos. Amaury e eu éramos amigos desde a juventude. Porque Amaury isso, e Amaury aquilo. Ria-se muito a assistência. Ele, então, tirou do bolso e pôs-me sob a vista a sua carteira funcional: não era Amaury, porém Milton Sanseverino. Respirei fundo: "meus senhores, há dias em que a gente se sente merecedor do anátema de Cristo a Judas Iscariote: 'este era melhor que não tivesse nascido'".

Um amigo meu divorciou-se, casou-se outra vez e estava com a nova mulher no restaurante. Para, na mesa deles, um casal. Quando se afastam, ela censura os trajes extravagantes e a linguagem imprópria da outra. O meu amigo justifica: "ora, meu bem, essa é a segunda". Ouve, então, a pergunta desconcertante: "e eu, o que sou?".

Não há quem não tenha caído em situações de constrangimento. Gafes, ou não, a verdade é que elas passam a morar nos porões da memória, onde habitam lembranças indesejáveis, em maior ou menor grau, desde as ilusões perdidas e amores desfeitos, ao agradecimento esquecido, ao telefonema que não se deu, ao que de impróprio se disse, ou se escreveu sem querer. De quando em vez, essas assombrações mostram a cara. Isso constitui uma punição permanente e excessiva.

Memória

A MEMÓRIA SEMPRE ME PARECEU ALGO QUE FICASSE ENGAStado nas galerias do cérebro, como os quadros, nas alas de um museu. É só entrar nelas e ir revivendo pessoas, coisas, situações e sensações.

Há figuras notórias e notáveis pela capacidade de reter e repetir o que quiserem, a qualquer tempo, não importa o decurso dos anos. Não preciso abrir os livros de história, para recordar esses privilegiados. Eu os vejo à minha volta, prontos para guindar, lá do fundo, o que teria caído no esquecimento do comum dos mortais. Meu pai, por exemplo, sabe de cor as obras completas de Castro Alves. O Desembargador Jorge Loretti, político fluminense até a sua ascensão ao Tribunal de Justiça do Estado do Rio de Janeiro, reproduz com nitidez e fidelidade quase tudo ao quanto assistiu, sem que os anos consigam prejudicar-lhe a lembrança. E ainda hoje é capaz de repetir relatórios e votos, nos principais processos submetidos ao seu julgamento.

Garoto, fui coroinha do Bispo de Cachoeiro de Itapemirim, Dom Luís Gonzaga Peluso. Transferido de Lorena para a nossa terra, ele mostrou, de chegada, trazer, na memória, os quatro Evangelhos. Isto eu vi. O pregador crente no que ensina memoriza pela fé. Conta-se que Santo Agostinho conhecia a Bíblia de cor, mas isso ou é lenda ou é milagre de santo.

Não sei se a minha memória é boa. Ela me lembra, entretanto, que é Carnaval, tempo de descanso, inclusive meu. As alas do dia não são as da memória, mas aquelas das escolas de samba, cujas fantasias, aliás, cintilam, em Nova York, nalgumas das vitrines da loja Saks. É o ecumenismo do asfalto carioca projetado, mar acima, na 5ª Avenida.

A bacia era de ouro

Ficaram na memória retalhos de cantigas da infância. Esta, mamãe cantava com a sua voz baixa e entoada: "os olhos de Maria Anita são negros como carvão/ atchim, Maria Anita, atchim/ atchim, Maria Anita, não. Quem fuma cachimbo baba/ quem cheira tabaco espirra", etc. Só não me recorda o "etecétera". "Lá vem a Rita toda bonita/ de braço dado com o seu namorado/ fala baixo, fala baixo que aquele é o delegado", prevenia a canção, traduzindo o medo congênito da caboclada brasileira pela autoridade: o delegado é capaz de tudo, inclusive de trancafiar quem elogie a boniteza da sua namorada. "Eu sou pobre, pobre, pobre, de marré, marré, marré/ eu sou pobre, pobre, pobre, de marré desci" — tradução do francês "je suis pauvre... je m'en vai d'ici", salvo engano.

A garotada gostava mesmo era de repetir o cansativo "um elefante chateia (ou incomoda) muita gente/ dois elefantes chateiam muito mais/ três elefantes chateiam... cinquenta elefantes... cem elefantes...". "Para, menino, você está me deixando louca". Coisa parecida era "um automóbile, dois automóbiles, três automóbiles e um caminhão; quatro automóbiles, cinco automóbiles, seis automóbiles e dois caminhões...". E por ai seguia a lenga-lenga, paródia da "Donna é mobile", os "automóbiles" crescendo de três em três, os caminhões de um em um. Uma turma do Liceu de Cachoeiro — Colégio Estadual Muniz Freire, de Cachoeiro de Itapemirim, faz favor — foi andando pela rua e cantando. Chegaram a cinco mil "automóbiles" e ao número proporcional de caminhões. Depois, cada um voltou para casa, desolado e a pé.

Cantavam-se essas canções em qualquer época do ano. Não saíam da moda, como certas brincadeiras infantis: bonecas para as meninas; bolas para os garotos. Havia, entretanto, a temporada de certos brinquedos. Eles vinham e sumiam desgastados, para reaparecerem daí a algum tempo. É o caso dos piões. Quanto menino ficou caolho, atingido pela ponta do pião, num arremesso malfeito. Tempo das bolas de gude, todas lindas, especialmente as azuis, cheias de nuvens brancas. Levavam a imaginação a outros mundos. Pena quando essas bolinhas eram destruídas por um golpe certeiro de bilha, uma esfera de aço, pesada, malvada, estilhaçante. E o tempo da amarelinha, das atiradeiras (setas, na minha terra), das pedras brancas redondas, atiradas para cima e pegas com a mão ligeira, e do pique ("Você quer brincar de pique? É de pique picolê? Quantos piques você quer? A mão do sorteador ia batendo de braço em braço das crianças em roda, para sortear quem, no pique, sairia na busca dos demais, escondidos). Licinha descobria sempre o melhor esconderijo. Se achada, corria ágil até o poste, antes de ser tocada pela mão do perseguidor. Ela batia a mão no poste e gritava "pique!", ou "piquei!". Filha de lavadeira, a sua mãe me deu, certo dia, dois cruzeiros para eu estudar com ela. Preço de quatro picolés, uma fortuna para a pobre mulher, e a garganta começa a apertar-me, melhor sair do assunto.

À noite, as estrelas brilhavam claras no céu escuro, não atingido pela pouca iluminação da cidade. Tudo tão diferente do céu embaçado das cidades grandes e luminosas. Só muitos anos depois eu soube do feitiço do céu estrelado sobre Kant, maravilhado por ele e pela lei moral, pulsante na sua consciência. Alguns adultos sentavam-se em cadeiras, postas nas calçadas, ou na rua mesmo, tão escassos os carros. As crianças brincavam de roda: "Fui à Espanha buscar o meu chapéu/ azul e branco da cor daquele céu/ olha palma, palma, palma, olha pé, pé, pé...". "...a bacia era de ouro, areada com sabão e depois de areada, enxugada com um roupão...". "Dona Mariquinha, tão engraçadinha, foi entrar na roda, ficará sozinha", cantava a roda. A criança, posta no meio do círculo, respondia "sozinha eu não fico/ nem hei de ficar/ porque tenho (aqui se dizia o nome do favorito, ou da favorita) para ser meu par". Cantava-se o refrão, no compasso das palmas: "deita aqui, no meu colinho, deita aqui no colo meu, e depois não vá dizer, que você se arrependeu".

Às 8 horas da noite, já não havia mais ninguém na rua. Todos dormiam cedo, para acordar cedo, na manhã seguinte. Começavam às 7 horas as aulas do Liceu. Às 11, eu já estava em casa, almoçando, invariavelmente, arroz, feijão, mais carne e um prato de verduras, da culinária simples, tão mineira, do sul do Espírito Santo. Um inferno servir o feijão do meu pai, ora muito caroço, ora muito caldo e quando se acertava na mistura, aparecia outro problema: não se podia derramar a concha sobre o arroz, porque isto o afogava, nem colocar o feijão ao lado, fazendo uma lagoa. O feijão tinha que ser posto na vertente do arroz, raios o partam! Lembrei-me disso com o Dr. Juvenal Urbino, do "Amor nos tempos de cólera": fazia um escarcéu, se o leite vinha frio; dava um berro, se viesse quente, gritando que havia queimado a língua. Gabriel Garcia Márquez, obviamente, viu isso nalgum lugar. Esquisitices de cada casa, o pai de uma conhecida não conseguia tomar banho com a máquina de lavar roupa ligada.

Assim seguia a vida, numa cidade pequena do interior brasileiro. O sino da Matriz velha tocava o ângelus, às 6, 12 e 18 horas, por minha conta os dois últimos, seis ou doze badaladas, outras miudinhas e três para finalizar. O *Aurélio* abona ângelus com "Ângelus tangido em lentidões de sino", de Mário Pederneiras. Bonito. Não se pode esquecer, contudo, a belíssima onomatopeia de Olavo Bilac, no soneto "Vila Rica": "O ângelus plange ao longe em doloroso dobre".

De vez em quando, fatos extraordinários quebravam a rotina, como o ônibus desgovernado, entrando casa adentro e matando a dona, ou o assassinato, numa rua da vizinhança, de um sujeito de má fama, a mãe dele chorando muito no velório. Diziam que a própria polícia cuidou da execução dele. E a vizinha que tomou formicida porque o namorado lhe fizera mal. E a chuva de pedra, na tarde escura, o granizo pipocando nos vidros das janelas e aquele cheiro quente e gostoso, de terra molhada, e a conversa sobre trombas-d'água, e até de chuva chovendo peixinhos miúdos, os barrigudos, dados pela evaporação à atmosfera sedenta.

Alma latina

Em Viena, durante um congresso mundial de urologia e nefrologia, um médico de certo país cucaracho pede a palavra e começa: "Excelentíssimo e ilustríssimo senhor professor doutor don fulano de tal, digníssimo presidente do segundo congresso mundial de urologia e nefrologia..." O intérprete traduz para inglês: "Mr. chairman." Cada médico põe esse episódio num congresso, num lugar e num momento diferente mas, na essência, ele não varia. Serve para mostrar a diferença entre o formalismo empolado da alma latina e a simplicidade prática dos povos desenvolvidos.

No fim da guerra, os soldados americanos, em visita ao Vaticano, chamavam Pio XII, simplesmente, de "Mr. Pope". Os discursos dos anglo-saxões começam com uma breve referência aos presentes. Nos Estados Unidos, frequentemente se inicia uma fala por uma anedota, uma lembrança, uma frase engraçada. É a tal *captatio benevolentiae*, recomendada aos oradores para atrair a simpatia dos ouvintes. O ambiente alegre, ainda quando se fale num momento solene, descontrai o auditório.

É preciso alegrar sempre. Ao receber o título de cidadão carioca honorário, Pontes de Miranda, o maior dos juristas brasileiros, alagoano de berço, dono de uma obra inacreditavelmente extensa e profunda, disse ter escolhido o Rio de Janeiro para morar porque o Rio é uma cidade alegre e só na alegria se constrói.

São torturantes essas solenidades, nas quais cada orador repete o nome e os títulos das autoridades presentes, do secretário de estado ao diretor da subseção da farinha do departamento da mandioca do Ministério da Agricultura. Salvo o agraciado com a referência, ninguém presta atenção ao destaque. Só se anseia o fim dos discursos. E há oradores sádicos, desses que trazem o discurso numa resma e colocam cada folha lida atrás das não lidas, de modo a impedir os presentes de contarem quantas folhas ainda faltam para o fim do suplício.

Visitou o Brasil, há alguns anos, um simpático professor da Universidade de Tübingen. Convidaram esse jurista alemão para fazer palestra numa faculdade de direito do Rio. Não exagero: ele foi introduzido no salão nobre com toda a solenidade. Ouviu paciente uma saudação do diretor, em francês; outra, em português, do chefe do departamento; outra, em francês, do professor da cadeira anfitriã. Finalmente, falou ele próprio. Falou baixo, num francês teutônico, quase incompreensível pelo volume da voz e pelo sotaque, a um auditório cansado, de monoglotas na maioria. O fiasco seria evitado se, tal como se faz, nas universidades americanas e europeias, alguém se tivesse limitado a mencionar o principal título do visitante, o tema da exposição e a dizer-lhe meia dúzia de palavras de boas-vindas. Um bom tradutor teria tornado as palavras do professor acessíveis à assistência, que apenas fingiu entendê-lo. As saudações em língua estrangeira serviram para impressionar os presentes, num país onde poliglotismo é sinônimo de erudição. Felizmente, não para todo mundo. Na campanha presidencial, alguém lembrou a Jânio Quadros que o seu adversário, marechal Henrique Lott, tinha méritos, pois falava muitas línguas. Na fumaça do tiro, Jânio respondeu: "o que faria dele um bom porteiro de hotel, mas não o credencia à presidência da república".

Sei que o Brasil necessita de muitas reformas de vulto. Não carece menos de outras, de menor tomo, como acabar com as solenidades emperiquitadas, reduzir os discursos a uma extensão suportável e abolir, de vez, a saudação nominal a cada graúdo presente.

O Supremo Tribunal Federal oferece um exemplo de singeleza, na posse dos seus ministros. O presidente abre a sessão. Anuncia a finalidade dela. Designa dois ministros, o decano e o mais moderno, para trazerem o novato ao recinto. Ele chega, presta o compromisso de obediência à Constituição e às leis. O secretário lê a ata adrede redigida. Os dois ministros levam o novo colega ao seu assento. O presidente encerra a sessão, sem discursos nem pompas. As pessoas saem aliviadas. Muitas delas exibem a descontração de quem foi poupado da crudelidade de horas maçantes.

Brasília já não causa *spleen*

Ontem à noite, no jantar, Lúcia perguntou a Eduardo há quanto tempo ele mora em Brasília. A resposta não deixou de causar alguma estranheza aos comensais, todos cinquentões e forasteiros: "desde o meu nascimento, há 30 anos, na maternidade, aqui pertinho". Ainda soa esquisito que alguém possa ter nascido e se criado, naturalmente, nesta cidade, onde tudo parecia artificial como um cenário, desses armados para gravar telenovelas. Difícil apagar essa sensação das almas dos que assistiram à montagem de Brasília, peça a peça, desde aquela primeira missa, começo da aventura de Juscelino, consolidada com a mudança definitiva da capital, ainda no mandato dele, para sorte do Rio, sem condições de continuar no papel de centro político do país.

As testemunhas do nascimento da cidade conservam a impressão de que Brasília não nasceu espontaneamente, mas foi armada e posta a funcionar pela vontade caprichosa dos poderosos. Isso dificulta a absorção psicológica da realidade pulsante em que ela se transformou. Centro urbano como outro qualquer, com os problemas e vantagens das metrópoles, onde as pessoas nascem, vivem, perpetuam-se pela multiplicação e morrem. Isso mesmo: onde as pessoas vivem, moram, sentem-se no seu lugar, desenvolvem a querência que torna os animais, inclusive nós, bípedes implumes, prisioneiros de um sítio, fundamento do bairrismo, visto por Afrânio Peixoto como espécie de patriotismo.

As pessoas vivem hoje em Brasília, sem vínculo nativo com qualquer outro lugar. Não se sentem de passagem por lá, como ocorria nos primeiros tempos, quando se vivia na certeza da volta ao lugar de origem, concluída a prestação do serviço público. O ministro Luiz Gallotti morou todo o tempo em hotel, certo da sua volta ao Rio depois da aposentadoria do Supremo Tribunal Federal. Entretanto, o ministro Luiz Octávio, filho dele, nomeado para a Corte anos depois, aposentou-se e continua na cidade, sem dar mostras de querer mudar-se. Já não se vê o êxodo dos fins de semana, que esvaziava Brasília, salvo quanto a parlamentares e outros políticos, aos quais sobram razões para o constante retorno às bases.

Na minha terra, costuma-se dizer que a semente ou a muda de planta vingou, quando aquela brota, ou esta viceja. Pois Brasília, plantada no planalto central, custou-nos os olhos da cara, mas também vingou. É centro universitário de qualidade. O comércio expandiu-se, especialmente em *shopping centers*. Prestam-se serviços de primeira em vários setores. Constroem-se casas e edifícios para abrigar uma população crescente. O próprio presidente da República permanece lá, nos fins de semana com os seus ministros, assim contribuindo para a consolidação da cidade, como local de habitação permanente. Ficam aí outras autoridades, cujas famílias se enraízam, inclusive pelo nascimento de filhos candangos (como se denominavam os operários vindos de fora para construir a cidade e hoje se nomeiam os brasilienses da gema), que se casam com outros candangos. A imprensa local tomou corpo. Feita para 500 mil habitantes, a capital e suas redondezas já contam mais de 2 milhões. Isso preocupa porque acarreta a alteração do irretocável projeto de Lúcio Costa, como já se vê nos sinais de trânsito, colocados onde os veículos deveriam trafegar livremente.

A sensação de que Brasília era inconvincente como cidade, postiça demais, sem esquinas, como reclamava Aliomar Baleeiro, causava-me *spleen*, nas minhas visitas obrigatórias, para ir aos tribunais e repartições públicas, especialmente quando eu pernoitava e via as pessoas perambulando pelos bares dos hotéis e restaurantes para conviver com os visitantes.

Esse sentimento melancólico cessou pela compreensão de que Brasília se tornou uma cidade real. Claro que com peculiaridades inerentes à sua concepção e topologia, como a necessidade do automóvel e a secura, que leva ao uso de umidificadores, se não se quiser valer de recursos primitivos, como a toalha molhada ou o recipiente com água perto da cama.

O *spleen*, entretanto, se esvaneceu. Foi substituído por uma sensação de paz, gerada pelo silêncio e pela leveza das construções. Na Praça dos Três Poderes, o Congresso, o Palácio do Planalto e o Supremo Tribunal Federal ficam desguarnecidos por fora, ao alcance dos transeuntes. Existe a Ponte Nova, flutuante sobre um braço do Lago Paranoá, e a Ponte JK, majestosa, talvez a mais bonita do mundo, como gostam os brasileiros. A edificação mais linda e significativa é a Catedral, concebida pelo gênio de Oscar Niemeyer, na forma de mãos em prece, clara, na brancura dos seus mármores, iluminada pelo sol atravessando os vitrais, simples em tudo. Idealizada embora por um ateu, nela se entra através de um pequeno túnel escuro, em busca da Luz que é Deus, a partir da etimologia.

Epitalâmio para Florencia e Fabiano*

— "Fria está a noite, forte está o vento."

— "Claro está o dia, quente está o sol."

— "A minha mão busca a sua e a encontra."

— "Elas se abraçam deliciosamente, mudas e cúmplices, e se afagam, juntas para a travessia que começa."

— "Quente está a noite, doce está a brisa."

— "Plúmbeo está o dia, bravo está o mar."

— "Juntas continuam as nossas mãos, que agora se beijam e se estreitam e se amparam mutuamente."

— "Olho os seus olhos e pergunto se a mereço."

— "Miro sus ojos y pregunto si me quieres."

— "Curioso: na sua língua, é "pregunto", com o "r" adiantado."

— "Engraçado: na sua língua, "pergunto" vem com o "r" fora do lugar."

— "Eu te pergunto, você me responde."

— "Yo te pregunto, tu me contestas."

— "Nós superamos essas diferenças tolas."

* Casaram-se, no cível, numa cerimônia admiravelmente presidida pelo jovem juiz Luiz Eduardo Castro Neves, os meus amigos Fabiano Robalinho Cavalcanti, colega de escritório, e Florencia Fontan Balestra, argentina de Buenos Aires. Fiz para eles um epitalâmio, na forma de diálogo entre os dois. A intimidade entre mim e o leitor imaginário, para quem escrevo (seria difícil escrever de frente para eventual público numeroso e variado dos leitores reais), permite-me compartilhar com ele o meu texto, confiante na sua indulgência.

— "Em nós, a predestinação dos nossos povos."
— "Los hermanos sean unidos que esa es la ley primera."
— "Noite fria, vento forte."
— "Dia claro com sol quente."
— "Noite escura de sortilégios."
— "Dia lindo de esperanças."
— "Mar calmo, mar proceloso."
— "Lá vamos nós, de mãos dadas."
— "Como Rute, eu te prometo:
'O teu povo será o meu povo, e o teu Deus, o meu Deus'."
— "Como Booz, eu te recebo na minha seara e na minha casa,
para te honrar, respeitar e enfeitá-la de carinhos;
para que aqui vivamos, a partir deste dia que amanhece,
para que aqui contemplemos a noite, quando ela chegar."
— "Peço-lhe o amor já concedido,
só pelo gosto de recebê-lo novamente."
— "Dou-lhe o amor já concedido,
pelo enlevo de dá-lo novamente."
— "E seja para sempre o nosso amor."
— "Para sempre, amor de toda a vida."
— "Para sempre — amor: a-mor; *ad mortem* — amor até a morte."

Maldade dos tempos

No meu tempo... Passei a usar essa expressão, esse adjunto adverbial, como se aprendia no Liceu do meu tempo, depois dos 50 anos. A partir dessa idade, começa-se a olhar para trás e ver o que foi e já não é, nem será mais; o que passou e não volta, mas permaneceu escondido na memória e, às vezes, sem causa determinada, vem à tona, como lembrança doce, ou recordação espinhosa.

No meu tempo, exigia-se latim no vestibular para ingresso no curso jurídico. Antes disso, no ato da inscrição, era necessário apresentar três atestados de idoneidade moral. Isso, de rapazes e moças de mais ou menos 18 anos. Eu trouxe da minha terra um atestado do prefeito, outro do bispo, outro do juiz. Recusados: não havia o endereço dos atestantes. O argumento de que todo mundo de Cachoeiro de Itapemirim, a começar pelo carteiro, sabia o endereço das três altas patentes não venceu a burocracia da faculdade. Arranjei, então, atestados de desconhecidos meus, amigos da minha tia. Soube depois que, para conseguir os atestados, era só ir ao diretório, apanhar um formulário mimeografado e colher a assinatura do gerente e dos garçons do botequim ao lado, interessados em captar a simpatia do futuro cliente.

Entravam no programa de latim, as *Catilinárias*, de Cícero, e outras peças do orador romano, como *Pró-Ligario*, *Pró-Marcello*, *De Oratore*, sei lá. Como não conhecíamos aquilo, o remédio era decorar tudo, a partir da famosa apóstrofe: "quousque tandem abutere,

Catilina, patientia nostra?" Havia outra apóstrofe: "o tempora, o mores". Dizia-se que um vestibulando apedeuta a traduziu como "ó tempo das amoras!..." O padre Augusto Magne, latinista exímio, pôs a expressão em vernáculo como "ó maldade dos tempos!"

"Ó maldade dos tempos!", dir-se-á, diante do panorama do Brasil destes dias. A coisa anda feia, caótica, com ameaça de uma convulsão social, gerada pelo desemprego, pela falta de condições mínimas de vida, pelo desespero, por todos aqueles fatores, determinados, determináveis, ou ainda desconhecidos, que contribuem para a situação social e insustentável. A mídia fala com insistência na possibilidade da argentinização da economia brasileira, com os agravantes de um país infinitamente maior, mais populoso e mais complexo que o seu vizinho, hoje desditoso em tudo, até na Copa.

Enquanto se aguardam com muito medo os terríveis acontecimentos, assiste-se embasbacado, não mais à implantação, porém à consolidação de um estado paralelo ao estruturado pela Constituição. Esse estado marginal hostiliza o estado constituído, que não consegue subjugá-lo e é constantemente atingido por sua ação e por seus desafios. Esse quisto não se contém apenas num espaço geográfico delimitado, mas se alastra. Vai-se espalhando, enlaçando e sufocando a sociedade como uma espécie de angioma letal.

Coisa curiosa é que, enquanto os pobres caem dominados por esse estado paralelo, as camadas mais altas, a partir da classe média, pensam, enganosamente, poder escapar dos seus tentáculos, apenas entrincheirando-se nos processos defensivos. Essa estratégia nunca deixou de ser, em qualquer campo, um expediente protelatório e ineficaz.

Não adiantam os gradis em torno dos edifícios, nem as portas reforçadas, nem a contratação de seguranças parrudos e bem armados, mas impotentes aos ataques de pessoas semelhantes a eles próprios. Em São Paulo, os carros blindados já começam a ser rasgados por machadadas certeiras sobre pontos vulneráveis da lataria à prova de bala, exposta, contudo, a esse tipo de agressão. Aliás, os donos de carros luxuosos os vão aposentando e começam a servir-se de outros automóveis de marcas comuns, mas também blindados.

Desolador é que ninguém parece advertir-se da inutilidade das providências defensivas. As pessoas continuam refugiando-se em defesas vulneráveis, fingindo não perceber a realidade em volta. Para andar nas ruas de Ipanema, os pedestres metem o relógio no bolso, escondem na meia o cartão de crédito, só carregam o dinheiro suficiente a acalmar o assaltante e caminham sempre apreensivos. Olham para a frente e para os lados, à espreita do atacante, muitas vezes bem-vestido, limpo, bem barbeado e de sapatos lustrosos.

Não sei quanto tempo ainda levará para que as pessoas de recursos descubram que não há refúgio seguro capaz de protegê-las dos avanços do estado paralelo, o estado famélico, do qual não se podem esconder. Para ser conciso, só uma redistribuição das riquezas poderá recolocar esse estado anômalo dentro do estado constitucional. Esse processo de reintegração só começará e irá adiante quando se compreender que a maldade dos tempos, bem analisada, é a maldade dos homens.

O presépio

A PRIMEIRA REPRESENTAÇÃO CONHECIDA DA NATIVIDADE DO Menino Jesus apareceu incrustada em sarcófagos de cristãos romanos do século IV e foi incluída entre cenas da vida de Cristo, nas basílicas do século V, isto conforme a *Britannica*. Todavia, a tradição católica atribui a São Francisco de Assis a autoria do presépio, a recomposição da estrebaria de Belém, com imagens da Criança no berço, dos seus pais, em êxtase pela certeza de estarem diante de Deus, de alguns cordeiros, do boi e do asno da profecia de Isaías, mais o galo e os anjos, anunciantes da chegada redentora. Não mais uma expressão apenas pictórica, porém uma recriação da cena em terceira dimensão. A partir dessa criação do "Poverello", reproduzem-se presépios mundo afora, em deslumbrantes manifestações de arte e de fé. Nunca os vi, mas deve haver álbuns, retratando presépios de todos os tempos e lugares, adaptados alguns a circunstâncias locais, outros à inspiração do artista, vários acomodados a limitações materiais. A arte vence deficiências. A melodia de "Noite feliz" resultou da necessidade de compor sem usar a nota de uma tecla defeituosa do órgão onde foi criada. O presépio assumiu cores e formas, invariável contudo nos elementos essenciais: o berço com a Criança, São José e Nossa Senhora, o boi e o asno, os anjos e o galo.

Anunciantes do nascimento de Cristo e do seu significado — a glorificação de Deus, nas alturas e a conclamação à paz na terra — os anjos passaram a integrar a paisagem natalina, como no caso dos anjos cantores de Botticelli. Em nenhum outro país se conceberam e executaram tantas obras de arte inspiradas no Natal quanto na Itália. O advogado Dario de Almeida Magalhães trouxe de lá um presépio, talhado em madeira, agora na minha casa, presente dos seus filhos, Teresa e Raphael.

No Brasil, poucas igrejas deixam de mostrar um presépio no Natal. Em Cachoeiro de Itapemirim, as imagens disponíveis na Matriz de Nosso Senhor dos Passos, a Igreja Velha, eram poucas. Ainda assim, a arte de Dona Paulina Vieira Bueno e Dona Olinda De Biase construiu a gruta em papel grosso, de sacos de cimento, besuntados de uma goma de trigo. Espalhávamos pó de pedra sobre esse grude. Depois, era só franzir o papel grosso, para compor a montanha em cujo socavão ficava a gruta.

Garoto, fiz em casa um presépio. Na falta de imagens, pus na gruta de papelão uma Sagrada Família, impressa em cores num cartão de Natal. Improvisei pastores e animais com estatuetas da casa. Diante daquela iniciativa de criança, a minha avó presenteou-me um presépio minúsculo, mas com todas as peças, comprado no Ao Preço Fixo, no centro da cidade, rua Capitão Deslandes.

Vi, na minha terra, outros presépios. Lembra-me, vagamente, um presépio humano, encenado na noite de 25 de dezembro, durante uma hora, ou coisa assim. Outro presépio, cheio de simbolismo, não conseguiu empolgar nem mesmo as pessoas que o compreenderam: em vez da Criança, o Missal sobre o berço, aberto no ponto em que o Evangelho de São Lucas descreve o nascimento de Cristo. Presépio mesmo, não importa quão infielmente retrate a natividade, precisa ter imagens, tanto mais bonito quanto variar a paisagem.

Nas proximidades do Natal, o meu filho monta o nosso presépio, num canto da sala. No outro, a árvore com bolas de cores diferentes. Segundo o costume, recolhem-se o presépio e a árvore no Dia de Reis, 6 de janeiro. Os presépios geralmente incluem Gaspar, Melchior e Baltazar, que nunca estiveram na manjedoura. Estes reis só apareceram para adorar Jesus e oferecer-lhe ouro, incenso e mirra, depois do nascimento, na casa onde morava.

Certa vez, em Toulouse, o motorista de táxi, português do Minho, insistiu numa visita ao que ele chamava de creche. Supus tratar-se de uma obra de arte. Levou-me, então, a uma pracinha. Ali, um circo de oleado exibia um imenso presépio espanhol. Entramos, o motorista entusiasmado diante da montagem ampla e cheia de figuras. Ao lado da gruta, corria um riacho e, na margem, um homem com vara de pescar. O português observou: "veja o senhor doutor: já naquele tempo se pescava..."

Não existe modelo rígido para um presépio. Cada qual o imagine e o construa como quiser, mesmo sem considerar a época, o local, as personagens, desde que não se desvie da comemoração do mais extraordinário dos fatos: o nascimento de um bebê, do seio de uma Virgem, com a mensagem do triunfo da justiça pela boa vontade dos homens.

Jorge Amado imaginou ou romanceou o presépio daquelas solteironas que, a cada ano, acrescentavam ao cenário figurantes escolhidos pela fama, indiferentes ao tempo em que viveram. Acabaram por meter Karl Marx no presépio, não se importando em saber das crenças ou descrenças dele. Isto faz rir, mas só à primeira vista. A perenidade do presépio, pelo milagre intemporal, permanente, eterno, que celebra, põe-nos a todos dentro dele, São Francisco de Assis,

Karl Marx, Dona Paulina e Dona Olinda, seu Serapião, zelador da Matriz Velha, os pobres frentistas daquele posto de gasolina, ali adiante, obrigados a vestir gorros de Papai Noel, sem nenhuma graça. Todo mundo de ontem e de hoje cabe lá, inclusive os meus estagiários Pedro Henrique Carvalho, digitador deste texto, e Antônio Pedro Raposo que, dicionário em punho, acompanhou o ditado; inclusive este colunista que, no espírito natalino, envia a todos um abraço afetuoso e fraterno, com votos de felicidade em todos os natais de amanhã e de sempre.

"Muito felicidade"

João Vitor tem 3 anos. É meiguice pura. Carinhoso com o irmão menor, Marco Aurélio de Almeida Alves Júnior, herdeiro do nome do pai de ambos, com a mãe, Isabel Clara, e com o tio de afeto, autor destas linhas.

Dá gosto ver João Vitor andar pela casa, mexer nas coisas, examiná-las curioso ou intrigado, admirá-las, especialmente as coloridas, às vezes querendo eviscerar as entranhas delas, como fazem todas as crianças, as mais graúdas prontas a abrir um carrinho, desmontá-lo e descobrir, na hora de remontá-lo, quantas peças supérfluas ele contém.

Mudou-se com os pais e o irmão, daqui para São Paulo, mas não se esquece da "Impanema", como pronuncia saudoso o nome da praia carioca, onde se hospeda, quando vem ao Rio, brinca na areia, mais vazia nos dias da semana e molha os pés na água fria e esverdeada, sem saber da poluição. Notasse a sujeira, ele, seguramente, não se importaria, fascinado pelo vir e voltar das ondas. Não se sabe se um dia descobrirá a beleza da comparação de Ari Barroso: "toda quimera se esfuma como a brancura da espuma que se desmancha na areia". Nem se saberá se ele ouvirá o nome do autor de "Risque" e da "Aquarela do Brasil", hoje em dia desconhecido da juventude, amante do baticum, do bate-estaca das festas ensurdecedoras, desdenhosa da beleza das músicas e letras, e dos seus autores — ou será isto apenas um dito sem fundamento de um saudosista inveterado?

O pai do menino levou tempo para aceitar a ideia do futuro e inevitável sotaque e do vocabulário paulista dos filhos: "paaii", "vitamiina", semáforo, guia, em vez de meio-fio, "magina", substituindo "de nada". E daí? Não há razão para conservarem, em vez do s, o j fluminense, mais acentuado em Niterói, onde se diz, com restos da pronúncia portuguesa, "aj coisaj", querendo-se dizer "as coisas". Se no Espírito Santo se diz "déis para as déis"; "dés para as dés", em Minas, tudo isso, sem chegar à categoria de regionalismo, são retalhos do mesmo idioma, falado de ponta a ponta, neste país continental. Enrico Tullio Liebman, jurista italiano, fugitivo da perseguição de Mussolini aos judeus, admirou-se ao ver, numa viagem de automóvel de São Paulo ao Rio, todo mundo falando uma só língua quase com o mesmo sotaque, desprezíveis as alterações prosódicas de cada lugar.

João Vitor completou 3 anos já no colégio de crianças, em São Paulo. Para a comemoração do aniversário do filho, Isabel levou para a escola um bolo grande, comprado numa confeitaria. No passado, o bolo seria batido, assado e confeitado em casa, onde as mães com as empregadas, as avós e, às vezes, algumas vizinhas preparavam doces caseiros. Mães-bentas, nas forminhas de papel franzido; cocadas de leite; olhos de sogra; canudinhos de doce de leite; bolinhas de queijo cobertas de açúcar granulado; cajuzinhos de amendoim; pif-pafs, substituídos hoje por brigadeiros. Não sei se o leite condensado, produto de inspiração transcendental, já frequentava as mesas como atualmente. Havia, entretanto, um docinho, em forma de coração, chamado cerejinha, pela cor vermelha, que estourava na boca, enchendo-a de leite condensado. Lembro-me, vagamente, de um pequeno doce, o "chapéu de Napoleão", pasta de chocolate, imprensada na palma da mão, e moldada na forma do tricórnio, recheada com minúscula porção de doce de coco. No centro da mesa, o bolo de diferentes formatos, ora um carrossel com pequenos bonecos de plástico nas cadeiras, presas à sombrinha por barbantes, parecendo correntes, ora um campo de futebol, grama feita com anilina verde, e até um navio, tudo invariavelmente coberto com glace branca, nos pontos onde não entravam superfícies coloridas. Para não alongar este parágrafo, deixo apenas lembrada a substituição daquelas guloseimas por tortas, insípidas para meninos e meninas, decepcionados pela ausência dos pequenos doces. Salgadinhos em aniversário apareceram no Rio, nas cidades grandes e só depois se espalharam país afora.

O personagem desta crônica vai descobrindo o mundo, nos seus objetos, cores e sons. Aprende e repete palavras e também palavrões, ouvidos, na escola, dos colegas mais velhos. Outro dia, chegou em casa e, para espanto geral, disse inocente: "vou falar porcaria", e esticou: "merda, bosta". A babá riu-se, a mãe o repreendeu sem muita convicção. Mas na escola, no fim da festa, todos se espantaram e comoveram, quando ouviram João Vitor, olhando os copos de papelão ornados com gravuras de flores e bichos, dizer esta frase desconcertada: "estou muito felicidade". Que esse pequeno, de olhos apertados e espertos, siga assim pela vida, descobrindo, como pouca gente grande consegue, os motivos, às vezes de sutil percepção, por ela oferecidos, para que cada um sinta "muito felicidade".

CONTOS

O síndico Fernando Henrique

SÓ NÃO CHAMAREI DONA ROSA DUCZMAL DE BANQUETEIRA DE primeira para evitar a rima, censurada pelos gramáticos e desagradável ao ouvido, quando se escreve prosa. Fica ela, então, sendo banqueteira de primeiríssima, como de fato é. D. Rosa veio das montanhas do Espírito Santo. Trouxe de lá o sotaque italiano, herdado dos pais. Tornou-se cozinheira num bufê, no Rio de Janeiro. Conheceu seu Francisco, mordomo da Embaixada da Inglaterra, uma daquelas mansões da rua São Clemente. Casaram-se. Passaram a fazer almoços e jantares para fora. Assim continuam, ela com mais de setenta, no fogão; ele, octogenário, cuidando da ornamentação da mesa, dos pratos, dos talheres, dos arranjos florais.

Incumbiram o casal de preparar um banquete para Fernando Henrique Cardoso. Não se sabe se eles serviram algumas das suas especialidades, como o folhado de camarão, o escalope de vitela e, para a sobremesa, o pudim de aipim (a rima, aqui, é inevitável) quente, com sorvete de creme. Deliciou-se o comensal ilustre. Dona Rosa foi convidada a cumprimentá-lo, ou pediu para conhecê-lo. Segundo me contou, ela disse ao presidente, mais ou menos, isto: "Presidente, o Francisco, meu marido, é síndico do edifício onde nós moramos. Tem uma trabalheira sem fim. Imagine, agora, o senhor, que é síndico de todos os edifícios do Brasil". Ganhou uma risada divertida e um abraço.

Para não sair do dito espirituoso de Dona Rosa, é preciso reconhecer que, nos oito anos de exercício do cargo, Fernando Henrique Cardoso foi um síndico e tanto; dos melhores da nossa história de governantes, em geral opacos. Ninguém se deixe iludir por críticas da imprensa destes dias. Ninguém se engane com a derrota do competente mas desenxabido candidato situacionista. Só o correr do tempo criará a isenção e a visão de conjunto indispensáveis para julgar o governo do presidente prestes a descer do trono, como é da prática da democracia. Ele sai, deixando em gregos e troianos, cariocas e paulistas, a firme convicção de que o Brasil foi conduzido por um estadista. Manteve-se consciente, todo o tempo, da grandeza do cargo ocupado. Não se apequenou em medidas populistas. Não se vulgarizou. Buscou fazer-se compreendido pela nação brasileira que governou e serviu com dignidade. Submetido embora, muitas vezes, a insuportáveis injunções políticas, tomou as medidas ao seu alcance. Tanto quanto possível, cercou-se dos melhores colaboradores. Governou com sabedoria um país problemático. A sua postura evoca o lema de Chamberlain: para o político britânico, o homem de estado deve conduzir-se sem explicações e sem queixumes; "no explanations and no complaints".

O presidente retirante não deve aceitar nenhuma embaixada, nenhum cargo menor do que a presidência. No plano internacional, a ONU lhe cairia bem, mas somente na secretaria geral. Em nada abaixo disso, salvo se se tratar de algum conselho de notáveis. Internamente, o cargo dele só pode ser o de ex-presidente da República. Releva-se a opção de Sarney de voltar ao Senado, ou a de Itamar, de assumir o governo de Minas Gerais, depois da passagem pelo Planalto. Legítima embora a investidura deles, nenhum dos dois foi eleito para presidir ao país. Ocuparam ambos um cargo, vazio por tramas do acaso. FHC, não. Duas vezes, a nação escolheu-o para ser o seu líder. Terminados os mandatos, ele, um pró-homem brasileiro, deve cingir-se ao papel singular de ex-presidente. Isto é um cargo dos mais altos em qualquer país. Será um conselheiro, um crítico, um exemplo para as sucessivas administrações, um colaborador delas, superiormente qualificado pela sabedoria e experiência. A nação ouvi-lo-á e apoiar-se-á nele, nas horas difíceis. Conferências e aulas esporádicas? Sim. Livros, inclusive os de memórias? Ótimo. Filiação partidária? Prerrogativa de cada cidadão, mas, no caso dele, sem se intrometer nas questiúnculas do partido, pairando altaneiro acima delas. Outra candidatura à presidência? Aspiração legítima, pois lhe sobram idade, saúde e vigor. Nada, entretanto, capaz de esmaecer a aura conferida por dois mandatos eletivos na presidência. Nada capaz de reduzi-lo à condição de mais um político militante. Juscelino foi para o Senado, num tempo anômalo. O mandato não o imunizou da praga da cassação. Melhor se tivesse permanecido ex-presidente, aplaudido e honrado pelo seu povo. Jânio, depois da vilegiatura de sete meses em Brasília... Mas desde quando Jânio, na política pós-Brasília, foi exemplo para alguém?

Uma apreciação provisória do governo de Fernando Henrique Cardoso coloca-o em vantagem com relação a todos os seus antecessores. São vistosas as suas realizações, particularmente nos campos da educação e da saúde. Nem a oposição ousou negar isto. Ele espalhou obras pelo país, não para promover-se, mas porque elas são inerentes às suas funções. Fez-se visível pela nação, em mais de quinhentas viagens internas. Escolheu a Rodovia do Pacífico para chave de ouro do seu governo. Essa estrada é símbolo perfeito do quanto ele alcançou em todos os setores. Vejam-se, por exemplo, os avanços do Brasil na agricultura. FHC equilibrou as finanças, estabilizou a moeda, conteve a inflação, comportou-se garbosamente na crise mundial, que mostra a necessidade de uma reformulação do sistema econômico do planeta, até agora regido por leis e por princípios que já não funcionam; em busca de outros capazes de funcionar, para conter as nações ricas nos seus destemperos e satisfazer as pobres nas suas reivindicações. Tudo isso ele fez, assistido por pessoas cujo afastamento do governo só se pode lamentar, como Pedro Malan e Armínio Fraga, que bem deveria permanecer no Banco Central. O presidente não fez sozinho a sua obra. É dele, todavia, e só dele, o mérito de cercar-se de gente como Paulo Renato, José Serra, Celso Lafer. FHC manteve coesa e harmônica a sua equipe, conduzida com firmeza e determinação por ele próprio, atento à advertência do decassílabo de Camões: “o fraco rei faz fraca a gente forte”.

Ninguém pretende inventariar agora as realizações de Fernando Henrique Cardoso. O que se deve é exaltá-lo, como merece, dando-se a ele a recompensa do aplauso que faz justiça a oito anos de conduta impecável. Louve-se a elegância das suas atitudes, a inteligência das decisões, a serenidade, a sinceridade dos seus pronunciamentos, a paciência de suportar a crítica e o interesse de ouvi-la e agir de acordo com ela, quando procedente. A probidade, praticada e exigida no trato dos negócios públicos e as severas e exemplares medidas de combate à corrupção. A discrição da sua família que, sem qualquer ingerência no governo, nunca se apresentou como trunfo para acesso à administração, nem jamais se beneficiou dela. A resignação, diante da impossibilidade de adotar medidas necessárias, mas inexequíveis pelas circunstâncias: “se fosse fácil, eu teria feito”.

O presidente saiu-se vitorioso na sua política internacional. Ele tirou o país do lugar modesto, indevidamente ocupado no concerto das nações. Mais de cem viagens internacionais e uma postura altiva, nas visitas aos governantes do primeiro mundo, que ele impressionou pela coragem e pelas ideias, expostas em encontros de iguais, mostraram, lá fora, a importância do Brasil e a conveniência de se ouvirem, não só as suas queixas, como as suas opiniões sobre a condução do mundo. O Brasil passou a ter voz e vez.

A maior e mais completa vitória do presidente, cujo mandato chega a termo, foi, no entanto, a consolidação do estado democrático de direito. Ele obedeceu aos mandamentos constitucionais. Se se excedeu nas medidas provisórias, foi para superar a letargia do Congresso quanto a assuntos importantes. Observou as regras da separação dos poderes. Prestigiou o Legislativo e o Judiciário, pelo cumprimento fiel das leis e das sentenças. Respeitou os direitos humanos, protegidos, neste país, como nunca dantes. O presidente deu efetividade à Constituição, de modo a desenvolver, entre os brasileiros, uma mentalidade constitucional, consubstanciada na tomada de consciência, pelo homem comum, de uma lei superior a todas as demais, instituída para organizar o estado, nas suas três funções e tutelar os direitos individuais e coletivos das pessoas. Se o povo brasileiro, por seus representantes, fez a Constituição, Fernando Henrique tornou-a operante.

O saldo do governo do presidente, que agora se despede, é muito favorável ao seu titular. Paradoxalmente, a nação nada lhe deve: duas vezes, ele postulou dela um mandato. Ela cumpriu, duas vezes, o seu dever de investi-lo na presidência porque era o melhor. Ele, então, implantou, desenvolveu e concluiu com todo o êxito o governo correspondente ao voto de confiança. Se a nação e o presidente cumpriram os seus deveres, basta que o Brasil se regozije consigo mesmo e reconheça — se se quiser voltar ao início deste texto — que Fernando Henrique Cardoso foi um síndico de primeira; de primeiríssima.

Café de la Paix

Com o perdão dos americanos, incomoda ver o Café de la Paix na propriedade de uma cadeia de hotéis dos Estados Unidos.

As três últimas décadas do século passado... Não sei se as pessoas já se acostumaram a ver o século XX como o século passado, ou se ainda pensam no século XIX quando se fala daquele. Na cabeça da maioria, século é tempo remoto. Não se pode imaginar ter-se vivido tão longe assim, especialmente quando, dos cinquenta para cima, se começa a compreender a fugacidade da vida. No seu octogésimo aniversário, perguntei ao meu pai como ele se sentia. "Passou tudo muito rápido", disse, não sei se como resposta ou lamento.

Mas as três últimas décadas do século XX foram marcadas por transformações de empresas de todos os naipes. Vejam-se, nos países ricos, as fusões, incorporações, cisões e outros movimentos, de reunião e separação de companhias e grupos com toda a sorte de lances, como os cruzamentos e descruzamentos de participações acionárias, as trocas, as *golden shares* e *tag alongs*, consórcios, acordos de acionistas, sempre com o fim de fortalecer, racionalizar, "otimizar" (aleijão de vernáculo, tão impróprio, quanto, por exemplo, "estartar", numa língua onde se encontram, abundantemente, principiar, iniciar, começar) para o alcance de melhores resultados possíveis. Trocando em miúdos, o lucro é a meta, ainda que se ganhe à custa da extinção de empregos diretos e indiretos. A informática põe gente na rua, como fizeram, em ponto menor, as máquinas da revolução industrial. De algum modo, a criatividade dos homens e mulheres, cujas ideias empurraram o mundo, encontrará soluções para os resíduos humanos, sobrados da substituição das pessoas pelos computadores, prontos a calcular, armazenar, corrigir, raciocinar, como não faria nenhum grupo de mentes qualificadas. Talvez se volte à solução keynesiana de pagar as pessoas para enterrar garrafas e pagar-lhes, de novo, igual montante para desenterrá-las.

Toda hora aparecem notícias de transformações empresariais no estrangeiro, envolvendo somas estonteantes. Ainda quando as empresas permanecem formalmente as mesmas, outras pessoas jurídicas ou físicas intrometem-se nelas, adquirindo-lhes as ações. Tomou corpo a atividade econômica das *mergers and acquisitions*, determinante de uma especialização em escritórios de advocacia. Um fato econômico inelutável são essas transformações amplas e contínuas. Olha-se a Rolls Royce e vê-se a puxar-lhe os cordões a BMW. Descobre-se o controle da Bentley em mãos da Volkswagen. Também no Brasil, o fenômeno vem-se acentuando. Só para exemplificar, observe-se o segmento dos bancos. Quantos deles deixaram de existir nos últimos vinte anos? Esses movimentos sofisticaram os órgãos governamentais de controle das reestruturações e negócios no mundo inteiro. Boa ilustração disso são, no Brasil, a CVM, o CADE, a SDE, dos quais sempre se esperam medidas de vigilância, para evitar abusos, como o açambarcamento e outros meios de dominação do mercado, mas também se postula deles a compreensão de uma realidade insuscetível de medir-se ou pesar-se com critérios e padrões de outras épocas. Nem esses órgãos nem ninguém pode recusar-se a caminhar com os tempos, e permanecer atracado a um misoneísmo injustificável.

Não adianta resistir a essas mudanças. Elas constituem um novo estágio do capitalismo. É preciso todavia metodizá-las, para conter práticas destrutivas, prejudiciais à sociedade e, num longo prazo, às próprias empresas, como demonstram os frequentes malogros dos monopólios. Paradoxalmente, a exclusividade transforma-se, de causa de enriquecimento, em fator de degradação.

Há instituições que trazem em si um pedaço da alma e da história de uma nação. Elas deveriam permanecer à distância de quaisquer mudanças capazes de colocá-las, direta ou indiretamente, próxima ou remotamente, em mãos estrangeiras, não importa quão eficientes ou poderosas. É o caso do Café de la Paix, símbolo de Paris, da França, do espírito francês. Celebridades e anônimos circularam por lá, para verem e serem vistos, aproximar-se de conhecidos, experimentar sensações do passado ouvindo a língua que lá sempre se falou, daquele modo impaciente e apressado dos parisienses, que leva os de fora a tomá-los por grosseiros, como não são. A preservação do Café em poder dos nativos deveria constituir, por força da lei ou do costume, uma dessas cláusulas pétreas, consagradas para se preservarem princípios ou entidades de qualquer natureza. Não se trata de xenofobia, porém do reconhecimento de uma situação real. Em mãos estrangeiras, inescrupulosas no emprego de trigo para fazer render o creme de leite de ovelha, segundo se comenta, o queijo Serra da Estrela já não sabe como os de outrora.

Russos, italianos, brasileiros os seus donos, o Café de la Paix não será o mesmo, ainda quando nele se servirem com formato e gosto inalterados o mil-folhas de sempre, o chá, o chocolate, as comidas leves ou de maior substância. Não se sabe quanto tempo os estrangeiros manterão incólume esse patrimônio. Num estalar de dedos, as cadeiras, as vidraças, os copos e xícaras podem ser substituídos, para atender novos padrões. Amanhã — Santo Deus! — um executivo cretino pode até decidir mudar o nome do café para The Peace Coffee Shop, ou coisa assim. Então, como se conseguirá manter o acervo de histórias vividas ou imaginárias sobre sucessos daquele templo, não da gastronomia, porém da convivência dos expoentes de Paris? Uma delas, só para ilustrar: Victor Hugo e Lamartine conversavam à mesa do chá. O garçom entrega-lhes um envelope dirigido ao "maior poeta da França". Teimam os dois, dizendo-se reciprocamente o destinatário da carta. Decidem abrir o envelope em conjunto. "Meu caro Alfred Musset...", principia o texto. Noutra mesa, com um riso divertido, Dumas pai, o autor da "boutade".

E para falar das nossas coisas, por que não deixar em mãos só nossas, de modo imutável, pétreo, os clubes do futebol brasileiro? Apavora a ideia de aparecer, um dia desses, a denominação "Clube de Regatas do Flamengo Inc.", ou pior, "Fluminense Futebol Clube Corporation".

Vale da Lua

(I)

Por causa de um joelho ralado, eu ia pôr neste texto o título "trilhas excludentes". Seria o modo de queixar-me da queda numa das descidas íngremes e pedregosas do Parque Nacional da Chapada dos Veadeiros, em Goiás, cerca de 300 quilômetros a Oeste de Brasília. Para atender um cliente, interessado na região, passei lá a noite de domingo, a segunda-feira e boa parte da terça, dia 11. Descobri um pedaço de chão desconhecido da maioria dos brasileiros. Uma vez por ano, jovens do mundo todo lá se reúnem, num encontro cujo ingresso se paga a peso de ouro, mil dólares, mais hospedagem, comida, música e drogas sintéticas. Também ocorrem eventos menores.

Levei comigo o meu colega Marco Aurelio de Almeida Alves, na sua segunda visita àquelas terras, arrebatado pelos pontos de maior beleza, pelas águas, pela paisagem agreste do cerrado. Espaços longuíssimos conduzem a vista até o horizonte, onde se juntam a terra e o céu de azul imaculado. Para quem sente o calor do sol, 35 graus, ou coisa assim, a noite de 11 graus surpreende. Demanda agasalhos para ir lá fora, ver a lua cheia e amarela e as estrelas, imperceptíveis nas luzes da cidade grande.

Escuro ainda, o galo puxa a alvorada, como o Chanteclere, de Rostand. Segue-se ao seu canto o cacarejar das galinhas e o grasnar dos gansos, marrecos e patos, o gorgolejar dos perus, espontâneo ou induzido por assovios. Bonito rever os perus de roda, estufando o peito, abrindo a cauda em leque, desfilando garbosos. Na minha terra, chamam-se "tomates" aqueles penduricalhos azulados no pescoço do peru, comestíveis. No resto do Brasil, barbela. Lá, matava-se de véspera o peru, posto em vinha-d'alho, para ser assado, no dia seguinte. Duas farofas: uma, comum, feita com os miúdos dele mesmo; a outra com manteiga, para rechear o papo, desaparecido nesses perus de laboratório vendidos por aí. Chega de falar do terreiro, neste parágrafo que já parece redação de ginasiano.

Quem quiser ver tudo isso, e o principal, até agora referido só de raspão, no início destas maltraçadas, tome um avião até Brasília, depois um automóvel. A estrada de asfalto novo leva a Alto Paraíso e São Jorge, no Estado de Goiás e a outros municípios, como Candeias, todos limítrofes do Parque Nacional da Chapada dos Veadeiros.

O parque é mantido pelo Ibama, cujos funcionários bem preparados zelam por sua preservação. O Ibama, aliás, pela seriedade e vigilância das florestas e da vegetação, tornou-se uma instituição respeitada. Com verbas escassas, protege flora e fauna. Mais faria se houvesse recursos. Tomara que continue fora da politicagem, antes que se estropie a sua operação e se retalhem os seus cargos entre apaniguados incompetentes. Deus proteja o Ibama, cujos dirigentes e funcionários sequer conheço — diga-se isto para não esvaziar o elogio.

No Parque Nacional da Chapada dos Veadeiros, só se entra com um guia. Por sorte nossa, tocou-nos o insuperável Eli Júnior Alves Pinto (assim mesmo: "Júnior" após o prenome), conhecedor daquelas paragens como ninguém. Traz na ponta da língua o nome de cada planta, de cada pé de pau. Conhece os pássaros pelo gorjeio.

Domina todos os caminhos. Nascido e criado no serrado, vai desfiando os topônimos. E tem sempre a mão, o braço, o ombro solícitos para amparar o sexagenário iminente nos pontos mais difíceis do caminho. Isto sem falar na garrafa de arnica com álcool, supimpa no alívio das distensões musculares. Caminhamos 25 quilômetros em dois dias, um nada, diante da vastidão do parque. O guia, deixando escapar, comedidamente, a sua verve e mostrando paciência e polidez, nunca deixa de responder com um pronto "de nada" a um agradecimento. Não aceita alimentos dos visitantes. Bebe água da sua garrafa e come, aos poucos, do seu farnel.

Coincidem muito os nomes de plantas e aves do Espírito Santo e do cerrado goiano, mas, na minha terra, não existe o candombá, planta oleosa e inflamável, causadora de incêndios na mata. Tampouco a canela-da-ema, que solta farpas na mão do visitante que nela busca apoio, como tantas vezes acontece no reino dos bípedes implumes. Da sucupira pende a semente medicinal, num invólucro de uma casca fina. Há o brinco-de-índio, a baba-de-mão, o chapéu-de-couro, diurético, conforme a crença dos locais, o cravoeiro. Cresce o jatobá. Não sei se Elton Leme, juiz e botânico, especialista em bromélias, com dois livros publicados, aprovaria o cognome dado à planta: "cadeira-de-sogra". Encontrei jatobás por lá, assim como a palmeira buriti, chamada por Afonso Arinos de "epônimo dos campos", no seu *Pelo sertão*.

Vale da Lua

(II)

No Parque Nacional da Chapada dos Veadeiros, encontra-se a maioria dos animais da fauna brasileira, invisíveis aos turistas, durante o dia. O mais agressivo, a onça-pintada, nutre-se dos veados, que dão nome ao lugar. Pacas, tatus, gambás, macacos. Parece não existirem micos-leões-dourados. Prender um macaquinho desses, cor de ouro, lindeza dos trópicos, deveria ser crime hediondo.

E lá estão, no parque, além dos animais e das aves, a vegetação exuberante, como se costuma qualificá-la, árvores e plantas de todo porte, de várias formas e matizes, as fontes, lagos, riachos, corredeiras. As quedas d'água catalogadas ascendem a 150, porém o guia assegura existirem mais. Fantásticas duas cachoeiras do rio Preto: um salto de 120 metros sobre um paredão forrado de liquens; a outra caindo 80 metros, para formar uma piscina de 400 metros quadrados, ótima para a natação, contanto se faça a descida pelo terreno pedregoso. As pedras, aliás, espalham-se pelo parque, sobre cujo terreno se amontoam, aqui e ali, pedaços de quartzo rosado. Parece ser política do Ibama não abrir caminhos pelo parque. Prefere deixar intacta a obra da natureza. Por falar em Ibama, recebi severas críticas à louvação do órgão, no artigo anterior. Chamaram-me ingênuo e desinformado por desconhecer que em muitos lugares sob a sua jurisdição, o Ibama se acumplicia com a devastação das matas. Uma pena, se verdade.

Depois da visita ao parque, vale tomar banho nas águas termais do morro Vermelho; águas mornas e medicinais, segundo se propala.

De dentro e de fora do parque avistam-se as montanhas da região, como o morro da Baleia, no formato do bicho, o morro do Buracão, a serra do Sagrado. Elas delimitam a região, onde se vê terra ácida, áspera, sem lavoura.

Existem 35 pousadas na área, repletas nas épocas de férias, confortáveis e acolhedoras nos seus chalés isolados, sem aquecimento central e sem telefone. Hospedamo-nos na Pousada São Bento. Perto da sede, há uma capela no meio de touceiras de bambus altos, que se retorcem e gemem dolentes aos ventos constantes. Na área da pousada, outras cachoeiras. Uma delas, de 15 metros, forma uma piscina. Vi um menino americano saltar na água, para a câmera e os olhos orgulhosos do pai. Dizem que frequenta a Pousada da Aldeia da Lua um lobo-guará, chamado cachorro-do-mato, nas minhas bandas. Ele se domesticou, comendo a comida posta ao seu alcance. Lembra aquele lobo, amansado pela exortação de São Francisco de Assis. No dia do regresso, a mesa de almoço da nossa pousada oferecia galinha caipira com quiabo, arroz, farofa, feijão de carne-seca e doce de laranja-da-terra, de sobremesa.

Encanta o vale da Lua, onde corre o rio São Miguel. Ele desliza entre as rochas, fazendo pequenas cascatas e redemoinhos. Entre as lajes que o encobrem, em certa extensão, duas há em forma de lua de quarto minguante. Eis a razão do nome do vale, onde só se ouve o barulho do rio, rolando sob as pedras até o descampado. Repousa-se na placidez do vale, sem se temerem bombardeiros com as suas bombas a matarem pessoas pacíficas; crianças indefesas, numa chacina contra a qual, não importa se inaudível, fica um grito de horror, de protesto e de revolta, ainda assim na esperança de que um dia todas as partes do mundo vivam a paz destas matas, serras, vales e campos.

Máscara e letra

EU TINHA ENGATILHADO UM ARTIGO SOBRE A TEORIA DA APARÊNCIA, a tal, que atribui eficácia jurídica a um ato, só pelo modo como se exterioriza, ou em função de quem o pratique. Para dar um exemplo, soube que, recentemente, um tribunal reputou válida a prorrogação do prazo de certo contrato, concedida pelo diretor da empresa, que, originalmente, o assinara, mas sem poderes para estender a sua duração. Decidiram os juízes ser natural que a parte supusesse autorizado para a prorrogação quem teve competência para assinar o contrato primitivo. É o "assim é se te parece", de Pirandello, na sua repercussão jurídica.

Lembrei-me, entretanto, destes tempos de Carnaval, quando o exame de qualquer teoria se torna impertinente. As pessoas esbaldam-se na folia, ou simplesmente descansam. Num e noutro caso, não se vê "o espírito que chora", "através da máscara da face", do soneto famoso, mas a face prazenteira, sob a máscara que a encobre, ou exposta de cara limpa, à luz do sol.

Convenhamos em que as máscaras andam saindo de moda. Já não se sabe se a liberação dos costumes as dispensou, ou se os tempos fazem ver os mascarados com desconfiança. A mochila deles pode levar apenas o confete, a serpentina, o lança-perfume, mas também coisa perigosa e tonitruante, que nem sempre faz da bolsa uma alternativa da vida, mas as leva ambas as duas, conjuntamente.

Eram bonitas, misteriosas, provocantes as máscaras dos carnavais antigos. Eles não superavam os carnavais de hoje, concentrados nas escolas de samba, exuberantes naquele luxo do gosto do povo, infenso à miséria, cara apenas aos intelectuais, conforme o dito de Joãozinho Trinta. Mas se não eram melhores, eram mais rimados os carnavais de outrora.

Rimas ricas, tropos, frases de efeito, em profusão. "O teu cabelo não nega, mulata... mas como a cor não pega... mulata, mulatinha, meu amor, fui nomeado teu tenente interventor." Se não sabe que diabos é esse negócio de tenente interventor, ligue para aquele seu tio de Vila Isabel, de quem receberá explicações amiudadas. Aproveite o embalo e pergunte tudo o mais quanto possa ignorar nestas linhas. A senhora sairá informada e o velho vai sentir-se útil e terá assunto para falar com a empregada até o jantar. "Vem, moreninha, vem, sensação, não andes assim tão sozinha, que uma andorinha não faz verão." "Lourinha, lourinha, dos olhos claros de cristal, desta vez, em vez da moreninha, serás a rainha do meu Carnaval." "Quem não tem seu saçarico, saçarica mesmo só... O velho, na porta da Colombo, é um assombro, saçaricando." (a imperfeição da rima é dissimulada pela boa sonância do bo e do bro). "Eu fui a touradas em Madri/ E quase não volto mais aqui/ Pra ver Peri, beijar Ceci/ Eu conheci uma espanhola/ Natural da Catalunha/ Queria que eu tocasse castanhola/ E pegasse um touro à unha/ Caramba, carambola, eu sou do samba, não me amola/ Pro Brasil eu vou fugir/ Isso é conversa mole para boi dormir." Eis aí um modelo de singeleza e espontaneidade, catado na memória saudosa. E eu nem existia quando muitos desses sucessos foram lançados, mas eles perduraram.

Nada de rimas fáceis, em ar, ou ão, salvo excepcionalmente. Esperançosos continuam buscando, "...na multidão", o alguém que virá "adorar com devoção", pois "há um alguém, na solidão/ que vai te entregar com amor o seu coração", como prometeu o sucesso de um Carnaval dos anos 60, e haverá de acontecer, no salão, no bloco, na rua, ou, mais provavelmente, na avenida de tambores, e de cantos, luz e cores.

A rádio a folhinha o santo

NÃO CHEGA A SER COISA DO TEMPO EM QUE OS BICHOS FALAvam, mas foi há muito tempo. Entrei num táxi, um Plymouth, quando os carros americanos ainda dominavam o mercado dos automóveis de praça, como, naquela época, também se chamavam. O motorista português perguntou: "O senhor sabia que a um elefante, se um leão lhe dá uma patada, o mata?" Pitoresca a informação e a sintaxe do período, com aquele "lhe" pleonástico, porém pleonasmo de reforço, nada vicioso. Ouvi, então, no rádio do carro, os sinais sonoros; pingos sonoros, marcando os segundos, da Rádio Relógio Federal, com a hora certa, anunciada minuto a minuto. Entre um e outro minuto, lembretes, notícias, comentários, receitas, curiosidades, como a do leão abatendo o elefante, força ágil e inteligente contra a força bruta.

Na Rádio Relógio, os segundos continuam, até hoje, pontuando o tempo entre os minutos e servindo de fundo sonoro para a voz do locutor. Distraem motoristas e essa multidão de ouvintes do velho rádio, insubstituível para quem se agita e não pode empatar o tempo em frente à televisão, nem ficar bulindo com a aparelhagem sofisticada da Internet.

Voltada para um público mínimo, se comparado aos ouvintes do rádio, é agradável e útil esta Folhinha do Sagrado Coração de Jesus, presente de um estagiário. Não sei há quantos anos existe a folhinha. Desde a minha infância, eu a vi pregada numa das estantes do escritório do meu pai, em Cachoeiro de Itapemirim, um dos símbolos da nossa devoção católica. Em cada folha, a data, impressa em algarismos grandes, mais o mês, o dia da semana, a lua, o número de dias do ano, vencidos e vincendos. Indicação das leituras bíblicas para a missa do dia e a cor dos paramentos, já não usados hoje, verde para Pentecostes, vermelha para os mártires, negra para os defuntos, rosa para Nossa Senhora.

A Editora Vozes, franciscana, põe todo o esmero na elaboração da folhinha: transcreve trechos do Evangelho e pensamentos leigos. Li, outro dia, que amigo é quem não desculpa, mas perdoa. Há de um tudo, no verso de cada folha: de notas apologéticas a anedotas inocentes. É o caso do papagaio de estimação do capitão do navio. Por causa de umas quizílias antigas, ele se comprazia em ridicularizar o mágico de bordo, revelando os seus truques ao auditório. Encarapitava-se no alto do palco e desmanchava os segredos: "O fundo da mesinha é falso; o baralho dele é todo de ás de paus." Odiavam-se. Certa noite, o navio sossobrou (com dois ss, por favor; é melhor vernáculo). Só os dois se salvaram. Boiavam em silêncio, lado a lado, cada um numa prancha. O papagaio apenas virava a cabecinha, para um lado e para o outro, olhando e assuntando. Passadas umas horas, ele rompeu o silêncio. Voltou-se para o mágico: "Tá certo. Eu desisto. Onde é que você escondeu o navio?"

A folhinha também registra os santos do dia. Dia 28 de janeiro foi a festa de são Tomás de Aquino; santo Tomás, para tantos, desdenhosos da eufonia. Não é só da Igreja que a sua vida constitui um dos momentos mais altos, mas da história da humanidade. Tomás de Aquino, antes de ser um teólogo, foi um antropólogo. Dedicou-se à compreensão do homem, em todos os seus aspectos. Procurou entendê-lo na sua estrutura biopsíquica, no seu comportamento, nas suas misérias e grandezas, para, a partir da descoberta dele, chegar ao conhecimento de Deus, numa tentativa de alcançar o Criador através da sua criatura. Costuma-se dizer que ele cristianizou Aristóteles, mostrando que o seu sistema também pode ser usado para atingir o incognoscível, numa investigação cristã. Mas a obra de Tomás de Aquino não é um plágio, nem se limita ao tal batismo de Aristóteles. É o mais amplo esforço de explicar Deus pela razão, usada para captar todas as manifestações dele. No entanto, o teólogo dominicano não se apossa de Deus. No seu método de levar a razão até onde ela puder ir, o Doutor Angélico detém-se às portas do enigma divino, posto além do ponto a que a razão pode chegar. A partir desse ponto de exaustão racional, só se consegue ver Deus como uma realidade complexa, impenetrável, com a qual só se convive pela fé. O santo deixa isso claro naquela afirmação feita, após ter tido a graça da contemplação do cenário divino: "Depois do que vi, tudo o que escrevi sabe a palha."

Eu só queria lembrar que Tomás de Aquino era doce e meigo. Vivia e trabalhava na simplicidade e na pureza, que o faziam interessado pelas coisas minúsculas deste pequeno planeta. A sapiência dele não o esvaziou da sua humanidade. Tudo isso leva a crer que ele escutaria com gosto a história do leão vencendo o elefante e outras, da Rádio Relógio. E balançaria o corpanzil, num riso solto, ao ouvir a anedota do papagaio e do mágico.

Tudo igual

VOCÊ SENTOU-SE SOLITÁRIA E ALTIVA, NUMA PEQUENA MESA, no meio de duas outras, alvoroçadas como as demais, no salão do restaurante repleto de pessoas, reunidas para celebrar o Ano-Novo. O ano velho estava nas últimas, como se dizia, ou ainda se diz dos moribundos. Agonizava nas derradeiras horas do relógio, consultado com a impaciência de quem aguarda algo, ou alguém, prestes a acontecer, ou chegar.

O champanha, na temperatura exata, empolgava os circundantes da sua mesa silenciosa e sóbria. Você jantou com gosto, mas só tocou uma vez a taça, incluída no preço da refeição.

Não sei se as pessoas notaram o seu vestido preto de mangas vazadas a mostrar, talvez de propósito, os seus braços brancos. Não sei se viram o seu xale negro e rendado, nem se admiraram a sua *trousse*, tecida de fios de ouro. Não sei se sequer perceberam a sua postura altaneira, como nesses retratos de grandes damas, pendentes das paredes dos museus.

De soslaio olhei-a. Não consegui escapar dos seus olhos negros, atentos no rosto impassível. O receio de levar um fora conteve a vontade de chegar a você; de convidá-la para integrar-se à nossa mesa e à nossa festa.

Finalmente, você sorriu. Levantou-se e chegou-se a mim com a máquina fotográfica na mão. Perguntou se seria possível tirar uma fotografia sua, de costas para a vidraça e para a noite iluminada e colorida.

Não gostou da primeira foto, vista na telinha da câmara. Na sua opinião, o braço direito saiu volumoso. Tentei outra. Você aprovou.

Por mera delicadeza você perguntou se poderia posar comigo. O fotógrafo, dessa vez, foi o meu filho. Você agradeceu e retornou ao seu lugar. Não se descobria qualquer vestígio de tristeza no seu semblante. Você curtia a celebração. Participava dela com o olhar.

À meia-noite, estimulado pela algazarra, tomei coragem, levantei-me e perguntei se poderia beijá-la. Você deu a face, para um beijo só, no estilo americano, porém ganhou dois, como do nosso hábito.

Sem dizer o meu nome, falei da sua elegância. Você disse que era turca, vivia a metade do ano no seu país e a outra metade na sua casa do Texas. Sempre tivera a curiosidade de ver o réveillon em Nova York.

Fomos dançar. A música alta impedia a conversa. Por isso, apenas dançamos, ou melhor, nos balançamos, um de frente para o outro, sem nos tocarmos, ao som da música barulhenta. É possível que você tenha sentido a falta da dança de rosto colado, corpos unidos e iguais na cadência do passo.

O seu telefone móvel vibrou, na bolsinha de ouro. Você saiu para atender. Imaginei alguém, em Houston ou na Capadócia, querendo cumprimentá-la na noite do Ano-Novo, ou afagá-la com palavras ternas, ou fazer-lhe uma declaração de amor.

Você retornou à pista e retomou a dança. Algum tempo, e pediu para voltar à sua mesa. Ali nos sentamos uns poucos minutos, gastos com frases bobas. Perguntei se você não se sentia só. De jeito algum: você é uma pessoa resolvida, com um filho adolescente de um amor perdido. Sentir-se solitário é uma questão de temperamento. Não há razão para não sair sem companhia e amargurar-se em casa, vendo televisão, quando a noite é festiva, há música e beleza. Perguntou se eu me lembrava da letra de "Cabaret": "para que ficar sozinho no seu quarto?... Venha ouvir a música tocar. A vida é um cabaré..."

Não aceitou o convite para acompanhá-la ao hotel, quando decidiu ir-se embora porque o seu voo saía de manhã cedo.

Descemos juntos. Abri a porta do carro à sua espera. Enquanto a sua mão me afagava o rosto, os seus lábios se encostaram nos meus. Você baixou os olhos: "Foi bom estarmos juntos. Noutras circunstâncias, nós nos apresentaríamos pelo nome, como já agora não adianta mais fazer. Talvez nós... Mas deixa pra lá. De que valem esses arrebatamentos do Ano-Novo se, depois dele, os dias e as pessoas continuarão iguais?"

A visita do papa

Aos 60 anos, já assisti a seis pontificados. Imagino que ainda verei alguns outros. Lembro-me pouco de Pio XII, cuja figura hierática chegava até nós, em Cachoeiro de Itapemirim, antes da televisão, pelos jornais e revistas, às vezes na tela do cinema. Naquela época, os hábitos e a liturgia eram outros. O papa não deixava o Vaticano, salvo para as férias em Castelgandolfo. Celebrava a missa em latim. Tinha o mundo que imaginá-lo, na janela dos seus aposentos, ao meio-dia dos domingos, rezando o Ângelus e fazendo pronunciamentos trazidos a nós pelos noticiários e pelos jornais das terças-feiras porque não se publicavam às segundas. Respeitava-se Pio XII, não só por sua teologia e suas mensagens, mas porque se identificava nele o representante de Deus, vigário de Cristo, sucessor de São Pedro, capaz de ligar e desligar. Jamais acreditei na versão do seu colaboracionismo, divulgada com gosto e leviandade pelos adversários da Igreja Católica. Desertaram da análise do momento, das circunstâncias, das informações ao dispor do papa.

Sucedeu a Pio XII o papa João XXIII, camponês de Sotto il Monte, cardeal arcebispo de Veneza; no século, Angelo Giuseppe Roncalli. O seu estilo bonachão e informal revelava as suas origens. Era, todavia, muito avançada a sua visão da Igreja e do mundo. Consta haver escolhido o seu nome porque os 22 papas chamados João viveram pontificados curtos. Assim foi o dele. Isto não impediu que procedesse a uma revolução na Igreja. Ele a arejou e modernizou, especialmente por meio do Concílio Vaticano II. A sua encíclica Mater et Magistra (quantos saberão que as encíclicas se denominam com as palavras que as começam?) está permeada de preocupações sociais, sem o pioneirismo da Rerum Novarum, de Leão XIII, matriz da Quadragésimo Anno, de Pio XI, porém mais profunda e de maior alcance. Ela empolgou.

Não foi surpresa a eleição do Cardeal Giovanni Battista Montini para suceder João XXIII. Arcebispo de Milão, ele foi escolhido pelo seu conhecimento da Igreja, com larguíssima experiência na burocracia do Vaticano. Dá conta do seu prestígio a cogitação do seu nome para suceder Pio XII, embora ainda não fosse cardeal (se se permite outra informação, qualquer um pode ser escolhido papa, mesmo um leigo). Paulo VI, um asceta, conduziu a Igreja com angústia. Enfrentou desafios inusitados, como a quantidade surpreendente de sacerdotes pretendendo deixar a batina e os votos. Seguiu fiel ao pensamento social do antecessor. Foi o primeiro papa a mostrar-se, em carne e osso, pelos quatro cantos do planeta. Inaugurou a era da motilidade papal, através de visitas a diferentes países. Comove a sua declaração de que, na hora da morte, o seu mais terno pensamento seria para as pessoas que, de qualquer modo, sofrem.

João Paulo I reinou pouco. O jurista Helio Tornaghi dizia que Deus escolhera o cardeal Albino Luciani, arcebispo de Veneza, para um papado de pouco mais de 30 dias, apenas para dar ao mundo uma demonstração da conta em que tinha aquele bispo simples, sorridente, humilde e bom. Parece que Paulo VI manifestara, em público, a sua preferência por ele. Consta que lhe foi difícil o exercício da autoridade papal. Não morreu vítima de nenhuma trama, porém de uma quantidade exagerada de remédios para o coração porque, sentindo-se mal, não conseguiu localizar o seu médico em Veneza e partiu para a automedicação.

Perguntado como um cientista podia acreditar em Deus, Louis Pasteur teria respondido que, porque estudara muito, tinha a fé de um camponês bretão, mas estava certo de que, se estudasse ainda mais, teria a fé de uma camponesa bretã. Carol Wojtyla tinha a fé de um católico polonês, o que diz tudo. Trouxe para o seu longo pontificado a sua compreensão da Igreja como depositária de verdades absolutas, cuja guarda Cristo confiou ao papa. As críticas feitas a muitas de suas posições não impediram a sua retumbante popularidade, angariada pelo dom fantástico de comunicar-se e fazer-se querido. Não há necessidade de falar muito de João Paulo II, ainda presente de modo tão acentuado, que se sente dificuldade em acolher o seu sucessor como novo chefe da Igreja. A ausência de João Paulo deixa uma espécie de insegurança que abrange católicos, não católicos e até descrentes. Duas notas, dentre tantas, podem destacar-se na personalidade desse papa, ciente da sua autoridade e dos seus deveres: a piedade, que o fazia prostrar-se em oração durante horas, até quase o ponto de arrebatamento, e a intransigência na observância dos preceitos da Igreja.

Não se veem diferenças de monta entre o pensamento de João Paulo II e o do seu principal teólogo e conselheiro, Cardeal Joseph Ratzinger, cujas ideias deram substância às do falecido pontífice. Curiosamente, a falta dessa comparação leva a se colocarem o papa e o cardeal em diferentes planos, como se não se assemelhassem os fundamentos da fé e da doutrina de ambos.

Bento XVI esteve alguns dias no Brasil. De novo, o facciosismo de uma parte da imprensa tolamente o associou à Inquisição e repetiu-lhe doestos desbotados. Não poucos buscaram assinalar os aspectos menos brilhantes da visita pastoral. Deplorável, para ficar num exemplo, recente artigo desse tal frei Beto ("frei" em termos porque não é nem nunca foi padre) que, como alguns outros, falou na assistência menor que a esperada à missa na Basílica de Aparecida, mas não destacou o comparecimento de mais de um milhão de pessoas à cerimônia do Campo de Marte, em São Paulo.

A visita do papa contribuiu para fixar-lhe a imagem como o Pontífice Supremo, que o povo contempla com reverência mística. Papa e povo; povo e papa, numa integração extática de religiosidade e esperança. Nenhuma outra denominação religiosa se faz identificar, numa pessoa que é a encarnação dela própria, no seu conteúdo e nos seus propósitos. Também aqui, a Igreja Católica é única.

A viagem de Bento XVI ao Brasil terá agido também sobre ele, concorrendo para mostrar-lhe o que é ser papa, o que se espera de um papa e como deve ser um papa.

A "navegação" pelos três extensos e pesados volumes da *Enciclopédia dos papas*, primorosa edição italiana, se mostra a grandeza de tantos, como Inocêncio III, também documenta a pequenez de vários, que converteram o papado em instrumento de exercício de poder temporal e de ambições materiais. A Igreja Católica mostra-se incólume à debilidade humana de pontífices. Integra o seu anedotário aquela história do velho cardeal que via, numa biblioteca do Vaticano, um rapaz cercado de enorme quantidade de livros dos quais extraía longas notas, como não faz certa gente da imprensa que se limita a papaguear o que lhe entrou pelo ouvido, sem se dar ao luxo de qualquer pesquisa séria. Quem já leu o documento do Cardeal Ratzinger, na censura a Leonardo Boff? Quem se deu ao trabalho de folhear a *Introdução ao Cristianismo*, a *Introdução à Liturgia* ou *O sal da terra*, para descobrir o pensamento do bispo alemão, agora Bispo de Roma e chefe da Igreja Católica? Voltando à anedota do cardeal, ele se aproximou do moço e perguntou-lhe: "– O que você vem fazendo todos esses meses?". O moço respondeu: "– Estou tomando notas para escrever um livro que vai destruir a Igreja Católica." O cardeal replicou, com um sorriso irônico: "– Ah!, meu filho, nós estamos tentando fazer isso há dois mil anos..."

O 2003UB313

Não sei se ainda ensinam, no Grupo Escolar Graça Guardia, de Cachoeiro de Itapemirim, que o Brasil foi descoberto por acaso. Dona Iracema descrevia as caravelas da frota de Cabral no mar infinito. Vontade de repetir aqui dois alexandrinos de Bilac, em "O caçador de esmeraldas": "Bailando aos furacões vinham as caravelas / numa palpitação de proas e de mastros". E dane-se que não houvesse furacões por aqui, para fazer abalar e palpitar caravelas, se eles ficaram harmoniosos e inocentes no dodecassílabo. Siga-se na lição da escola primária. Subitamente, um marinheiro vê uma ave cruzando o céu. Outro avista restos de troncos de árvores putrefatos e folhas secas, trazidos pelas correntes. Distingue-se, por fim, lá longe, o Monte Pascoal, o começo da história da colonização do país. Tudo isso acontecendo por acaso, como se alguém, andando num campo vastíssimo, topasse, de repente, com uma pedra enorme.

Não me lembro se a teoria do acaso era ainda ensinada no ginásio, quando lá estudei. No primeiro ano do curso científico, as coisas mudavam de figura. Como quem revelasse um segredo acessível somente depois de certa idade, assim como a inexistência de Papai Noel, o professor de história apresentava, então, outra teoria, segundo ele a verdadeira: a teoria da intencionalidade. Não se descobriu o Brasil por acaso, nem Cabral saiu de Lisboa para fazer essa descoberta propositadamente. O seu rumo era outro, mas, sempre de olho nele, poderia, contudo, desviar-se da rota e localizar as terras de cuja existência Portugal e Espanha já sabiam. Acontecendo isso, que ele aportasse, descesse nelas e as integrasse aos domínios de Dom Manuel, o Venturoso, rei de Portugal. Assim procede o navegador ilustre. Com ele, começou a colonização de um país ainda hoje novo, de somente quinhentos anos. No quingentésimo aniversário da sua descoberta e centésimo octogésimo terceiro da sua independência, para usar ordinais fora de moda, o Brasil vai construindo as suas instituições, aprimoradas e consolidadas a cada denúncia consistente de corrupção com a punição exemplar dos corruptos e as providências impeditivas da repetição das falcatruas. É um processo de depuração pelo qual um organismo enfermo expele elementos venenosos das suas entranhas degradadas, a fim de reconstituí-las.

Enquanto o Brasil e o mundo marcham, lentamente, porém sempre, na direção dos sonhos dos sábios, para dar algum colorido a estas linhas, pela paráfrase de Anatole France, surge, no céu, o "2003UB313", um novo planeta, o décimo do sistema solar, por enquanto apenas numerado e rotulado com uma sigla, como essas de composições químicas, ou senhas semelhantes às usadas para tantos fins, nesta idade da computação.

Não sei se o — façamo-nos íntimos dele, chamando-o pelo apelido "UB" — foi descoberto por acaso, propósito ou intencionalidade. O fato é que se avançou no conhecimento do sistema solar, quem sabe se composto de outros planetas, por enquanto incógnitos, todo mundo se aquecendo ao sol e girando em torno dele, tal como a terra, na ironia de Eça, uma poeira cósmica, a desfilar pelo espaço com bazófias de astro. Não se sabe como se chamará o planeta novato. Não o estraguem com o nome de um estadista do dia nem de um acidente geográfico, de um conquistador, ou de outras vulgaridades cá debaixo. Dê-se a ele o nome de uma flor, de um fruto, de uma ave, ou se se quiser, o nome de um terráqueo capaz de empolgar todos os universos. Voto em Mozart. Assim batizado, o "UB" vai colher a recompensa de ter-se revelado à gente daqui.

Tão boa quanto a descoberta é a distância entre o "UB", ou o "Mozart", nos meus apontamentos, e os homens que só alcançam fitá-lo, mesmo assim de muito longe, com a ajuda de telescópios, sem qualquer contato próximo com ele. Enquanto for inacessível aos desembarques dos colonizadores da terra, o planeta permanecerá lá, silencioso, solto, descansado, flutuante no espaço, descolonizado durante os muitos séculos, ou quem sabe milênios, plácido na certeza de que, se o seu destino forem mãos de seres terrestres, elas só o tocarão para civilizá-lo depois que o homem estiver civilizado.

Uma carta

"Poço Real, domingo, 3

Meu filho,

Tirante o registro do seu nascimento, o seu nome apareceu em letra de forma, pela primeira vez, quando o *Correio do Poço* publicou aquela redação, na qual você descrevia uma queimada, as chamas consumindo parte da fazenda do Nico Almeida, para formar outro pasto, uma estupidez. O seu pai e eu vimos o nome do nosso filho único com orgulho, vaidosos por você, certos de que muitas outras pessoas o leriam, e ao seu texto. Os vizinhos e conhecidos comentaram. A sua avó leu e recortou. Comprou mais um jornal e mandou-o à sua tia, em Porto Seguro, principalmente para fazer inveja a Edna, mulher do seu tio Amintas, cujo filho até hoje não sabe escrever sequer as compras na caderneta do armazém.

Você mudou-se para aí. De novo, o seu nome em jornal grande, quando você integrou aquela comissão para o tratado de pesca da sardinha. Depois disso, nunca mais saiu das folhas, ora a notícia de uma palestra, ora um artigo ou entrevista. Não sei quantas vezes o seu nome apareceu, durante a campanha do seu partido para Presidente da República. A vitória levou-o às alturas do poder, participante dele em cargos importantíssimos. Aí, era você tossir e a imprensa publicar. Até quase a hora da morte, o seu pai, todos os dias, escarafunchava o noticiário para achar o seu nome e comentar comigo, naquele jeito dele: "Dona Cildinha, o seu rebento tá impossível. É um sucesso só." E ria-se deleitado.

Cedemos à sua insistência. Fomos visitá-lo, nessa casa de luxo, construída por você, ampla, de várias dependências, ajardinada, a piscina de azulejos azuis transparente no sol da manhã e nas lâmpadas noturnas. Tapetes, porcelanas, quadros, sem falar nos automóveis estrangeiros. O seu pai olhou tudo aquilo com alguma inquietação. Na volta, quando eu descrevia a casa a sua tia Luísa, ele, na cadeira de balanço da varanda, murmurou: "Eh! Ele enriqueceu muito rápido..." Não sei se gabava a capacidade do filho, próspero também nos negócios, ou se de algum modo conjecturava. Se chegou a ter um pingo de desconfiança, logo a afastou, como quem espanta a lembrança de um pecado. Daí para a frente e até a morte, ele só fez elogiar o filho, sinceramente deslumbrado com as suas conquistas.

Há cerca de três semanas, os jornais e a televisão, não tenho ouvido muito o rádio, mostram, sem parar, as suas fotos e o seu nome. Acusam você de corrupto, meu filho. E exibem documentos irrespondíveis, que sujam a sua reputação e destroem a minha incredulidade de mãe. São arrasadoras, em mais de um sentido, as provas da sua ativa participação na quadrilha de mandachuvas, que montou um esquema de apropriação de dinheiros públicos. Isso o levará à prisão, onde, fique sossegado, eu irei visitá-lo, como do meu dever, e, antes dela, à punição do descrédito da opinião pública. O povão é ético de nascença, meu filho.

A descoberta e exposição da sua improbidade causam-me dor imensa, não pelos motivos que você imagina. Tenho força e determinação para enfrentar as chacotas e ofensas de desforra das invejosas de ontem. Não abaixarei a cabeça, se me insultarem, como já ocorreu no açougue. Não sentirei a falta das amigas hipócritas, que viviam a bajular-me porque eu era a mãe de um graudão da República. Nunca lhes prometi nem dei nada, mas elas viviam aqui em casa, pelo prazer tolo de quem gosta de estar perto de figurões, ou das suas famílias. Não temo especulações sobre a nossa honestidade. A casa está como sempre foi, modesta, do tamanho do ordenado do seu pai, mas asseada e cuidada, do jardinzinho da frente ao quintal, com a horta e os dois mamoeiros, o cachorro "Tenente" e a gaiola do papagaio Horácio. Não sofrerei a perda de uma situação social que nunca tivemos, nem antes nem depois da sua ascensão na política nacional.

É óbvio que criei você para não cobiçar nem muito menos tirar o alheio. O alheio é o que pertence a um, a alguns, a vários, a todos, mas não à gente. Até o que não é de ninguém é alheio e não pode ser mexido. Envergonha-me saber que você e o seu grupo furtaram o alheio. O que me oprime, sufoca e aniquila, meu filho, é saber que você se corrompeu, roubando verbas públicas, tirando o pão da boca de crianças miseráveis, nuas, barrigudas pela verminose, como tantas já vimos, ou quase cegas, em certos rincões, pela impossibilidade de comer um pequeno bife de fígado, a cada 15 dias. Apoderou-se das verbas, tão necessárias, da assistência aos velhos e doentes, como os tuberculosos daqui, postos na rua quando o sanatório já não dispunha de condições para dar-lhes de comer. Pegou dinheiro destinado à educação e ao desenvolvimento de tantas áreas carentes do serviço público. Pode parecer ingenuidade minha supor que fazem diferença as somas que vocês garfaram dos cofres públicos, diante das fortunas existentes neles. Fazem sim. Consulte, por exemplo, a UNESCO e veja quanto um dólar pode ajudar uma criança, que vive na miséria, não importa onde.

O noticiário humilhante vai passar, mais dia, menos dia. Logo surgirá um outro assunto no lugar das notícias e comentários que envolvem você. Aqui mesmo, dentro de um ano ou coisa assim, o seu nome só será lembrado de quando em vez, se quiserem me agredir, ou desrespeitar a memória do seu pai, ou pelo gosto mórbido de certas pessoas que se comprazem no sofrimento alheio. O que não passará nunca será o mal causado, irremediavelmente, pelo desvio do dinheiro do povo; de um povo carente, subnutrido, faminto.

De mim e do seu pai, no túmulo, você já recebeu perdão, pelo simples fato de sermos pais, capazes de tolerar e absolver qualquer golpe. O meu sofrimento sem alívio, meu filho, sai da certeza de que, pelo seu procedimento criminoso, você próprio se amaldiçoou, sem que ninguém possa fazer nada contra essa desgraça.

Sua mãe"

Prosopopeia

O asterisco espichou-se no sofá e disse:

— Eu vou contar um conto...

O pronome eu ponderou:

— Não sei por que começar comigo, em vez de deixar-me quieto, na minha modéstia monossilábica. Na oração do verbo ir, fico implícito, oculto, inequívoco sujeito de vou. Vez por outra, sou necessário; até indispensável à composição. Sem mim, ficaria de pé quebrado o primeiro verso de "Quem dá aos pobres empresta a Deus", de Castro Alves: "eu que a pobreza dos meus pobres cantos/ dei aos heróis, aos miseráveis grandes..." Não me suponho imprestável, quando me vejo até mesmo em idiotismos: "eu é que sou torcedor do Fluminense"; "nós é que somos patriotas...". Não me venham dizer que, na segunda oração, o sujeito é nós, não eu, porque nós não passa de um eu dobrado. Nós sou eu mesmo, duplicado, clonado, como se fala hoje em dia. Porém, deixem-me em paz. Esqueçam-se de mim, quando verificarem que não faço falta. Ai, meu Deus! Não constitui erro começar a frase com uma conjunção coordenativa adversativa. Ouçam Camões, no episódio do Adamastor, ponto alto dos Lusíadas: "Porém já cinco sóis eram passados...".

O conto interveio:

— Pare, você já falou o bastante... Chegou a minha vez. Não me apraz ser usado para compor um pleonasmo, como em contar um conto.

O verbo contar estrilou:

— Ignorante, usado conto, como objeto direto de contar, faz-se, no caso, sem dúvida, um pleonasmo...

— Alto lá, rompeu a dita figura. Pleonasmo, sim, mas pleonasmo enfático, embelezador que não nasceu para enfeiar e, sim, para enfeitar o estilo. O meu irmão, ele sim, é um pleonasmo feio, pleonasmo amesquinhador, pleonasmo vicioso: "subir para cima", "descer para baixo".

O asterisco entrou na conversa:

— Saber gramática é uma gloria...

A glória o corrigiu:

— Eu levo um acento agudo, mesmo depois da reforma ortográfica. Aliás, as palavras terminadas nos sufixos ia, ie, ii, io, iu são paroxítonas e, salvo exceções, dissílabas para efeito de acentuação: glória, série, sábio. Palavra terminada em dois is não conheço nenhuma, não é da índole da língua portuguesa, sem circunflexo, faça o favor.

— E nós, como ficamos, quiseram saber, em polifonia, as palavras troféu, tabaréu, camafeu, tiziu, logo seguidas por hotel, menestrel...

— Vocês, minhas filhas, são todas oxítonas. A acentuação vem por último, todavia é audível e sólida. Não se intrometam nesta nossa conversa para não transformar ela numa torre de Babel, topônimo bíblico também oxítona.

O verbo transformar protestou:

— Minha gente, por que dizer não transformar ela, em vez de não transformá-la? Normalmente, o advérbio não...

Chegou a vez do não entrar em cena:

— Sei o que você vai dizer. Dirá que o advérbio não atrai a variação pronominal. Nem sempre. Melhor dizer não transformá-la, em vez de não a transformar, deixando o verbo sozinho no infinitivo. É questão de boa sonância; de eufonia. O ouvido sensível manda na feitura da oração. É preciso fazer ela musical. Não foi Verlaine quem mandou pôr a música antes de tudo o mais? Entre a musicalidade e a secura da escravidão da gramática, que se prefira o som harmônico, leve como a pluma, bailando livre ao vento.

Subiu no palco o pronome ela:

— Vocês o que querem é puxar briga, colocando-me na posição subalterna de variação pronominal. Falaram duas vezes: transformar ela, fazer ela. Ainda bem que deixaram de pôr o meu companheiro ele, macho, por isso mais forte do que eu, na mesma situação. Houvessem vocês posto ele na mixórdia... Viram o que vocês fizeram? Até eu embarquei na moxinifada. Que vergonha!

Da plateia veio a sugestão:

— Vamos continuar com o emprego dos pronomes como complemento. O povo fala assim, canonizando o uso. Afinal, "*vox poppuli vox Dei.*"

Populi reagiu:

— Não me escrevam com dois ps. Sou genitivo de populus, a quem um p só basta. Quem gosta de dígrafo é italiano: cappella, cappello, cappelletti. Outrossim...

— Olhem eu aqui, gritou o advérbio. Sou desprezado por muitos, que me acham inconveniente. Ando, no entanto, em boas mãos. Vejam quantas vezes valeu-se de mim Camilo Castelo Branco. Saio bem maquilado das mãos dele.

— Maquilado, maquilar não são galicismos?, perguntou alguém no auditório.

— Maquilado e maquilar é galicismo sim. Não me venham dizer que, composto o sujeito por dois nomes singulares, e anteposto ao sujeito, o verbo fica, necessariamente, no plural: maquilar e maquilado são; nunca maquilado e maquilar é. Ledo engano. A língua portuguesa admite que, composto de dois nomes singulares, o verbo concorde com um dos sujeitos, individualmente. Maquilado é galicismo; maquilar é galicismo. Assim, boi e vaca é quadrúpede. A construção é rara, mas clássicos a empregam, uma ou outra vez. Vieira, por exemplo, se não me falha a memória. Além do mais, é chique.

— Você usou chique só para me contrariar (olhe o me proclítico, antecedendo o verbo contrariar, no infinito, o que é plenamente admissível em vernáculo). Chique, contudo, é galicismo impudico.

— Você não está com nada. Hoje em dia, é universal o fenômeno da interpenetração dos vocábulos de uma língua na outra. Em Paris, comprei um livro interessante, "Parlez-vous franglais?" A safada da interjeição mo (interessante a contração) roubou. Evitar galicismos é hábito obsoleto, que, na minha terra, se pronuncia com o e fechado, obsolêto, e não obsoléto, como querem léxicos ortodoxos, mas valem ambas as duas pronúncias. O ambas as duas, expressão corretíssima, foi lançada provocativamente, mas ninguém reagiu, por conhecimento da língua, desconhecimento, dúvida, ou distração.

Neste ponto, ouviu-se um lamento: "ai que me molho toda". Era a janela. Escorriam dos seus vidros gotas d'água, como o orvalho sobre pétalas de flores. Que bela metáfora, disse alguém, mas a conjunção conformativa corrigiu:

— Não sou metáfora. Sou uma figura chamada conformação, no sentido de comparação. Metáfora seria se não se usasse, na frase, a conjunção como e se dissesse algo assim: "As gotas d'água, escorrendo dos vidros, eram pingos de orvalho sobre pétalas de flores." A metáfora aprovou.

Alguém lembrou que, naquela semana, não passou um dia sem chover. O verbo chover irritou-se:

— E daí? Eu chovo, quando quero e choverei quando tiver vontade.

— Cale a boca, apressou-se em reprovar a chuva um relâmpago que estava de passagem. Uma anástrofe, gorda, feia, mal-arrumada, ganiu, lá do fundo:

— Por que você não me dá a vez, dizendo "de passagem, um relâmpago a chuva a reprovar apressou-se", como fez o Hino Nacional, composto por um protastivo com aquele horrível "ouviram do Ipiranga as margens plácidas de um povo heroico o brado retumbante?" O relâmpago ignorou a intromissão e prosseguiu:

— Dizendo eu chovo, você mostra não passar de uma impostora. O verbo chover é defectivo e não se conjuga na primeira pessoa. Como pode você esquecer-se disto? Chover continuou:

— Conheço o meu lugar. Disse eu chovo, de brincadeira. Gosto de troças. Ia contar a história de um aluno que, vendo dizer-se de um primo meu, morador da França, "il pleut", não hesitou em traduzir a frase em português como "ele chove". Riu-se o auditório. O relâmpago prosseguiu:

— Dizem, por aí, que também eu sou defectivo. Confesso, no entanto, que me sinto elegante em qualquer dos meus vestidos: eu relampejo; eu relampadeio, eu relampadejo, eu relampagueio, eu relampeio. Um trovão trovejou súplice:

— Ponham-me nessa conversa, a mim, que sou da família de vocês. Eu só trovejo para chamar atenção. Aí, faço-me tonitruante e... Ninguém lhe deu ouvidos.

Animava-se o bate-boca (com o hífen, resistente à reforma ortográfica, ao contrário do trema que, desterrado, só deixou vestígios), quando o estilo entrou no salão, com uma bandeja de madeira, pendente do seu pescoço por uma tira de couro. Vinha apregoando em alta voz:

— Quem vai querer? Tenho de tudo aqui: elipses, anástrofes, hipérbatos, anacolutos, silepses, prolepses, metagoges, sínquises, tmeses, zeugmas.

Alguns circundantes olharam e viram essas figuras de sintaxe amarradas na bandeja, umas com as outras, como num cambo de caranguejos.

Talvez pelas dificuldades de adestrá-las, de domá-las, fazê-las obedientes como leões no picadeiro de um circo, essas figuras (eis um anacoluto, fora de cena até aqui) não houve quem comprasse. O objeto as, perceptível embora, permaneceu quieto, elipticamente na sombra.

Como se fosse

RIO, AVENIDA VIEIRA SOUTO, 24 DE DEZEMBRO, 23:25 HS.: JOÃO apertou com a mão esquerda uma das barras do gradil do edifício e fez sinal ao porteiro. Ribamar aproximou-se. Cabeça baixa, o forasteiro perguntou:

— Será que o senhor não arranjava um lugarzinho, no fundo da garagem, para a moça aqui ter a criança? É para daqui a uns minutos. Garanto que, de manhã, a gente vai embora. É só para ela dar conta do recado. O senhor é o quarto porteiro desta avenida a quem eu peço. Negaram. Um deles chegou a dizer que eu é que não tivesse feito um filho nela. Só que falou aquela palavra indecente: "Você, cabra, é que não devia ter — o senhor pode imaginar o que ele disse — a moça".

— Esse tipo de palavreado eu não uso. Sou de respeito, mas não posso trazer vocês para dentro. O síndico daqui é uma fera. Se descobre, eu sou posto na rua, logo agora, quando tenho de sustentar a patroa, mais minha filha, os dois netos e o marido dela, desempregado. Você desculpe. Estou aqui há mais de vinte anos. Vou abrir o portão da garagem, para deixar entrar aquele carro. Esta noite, há uma festa no terceiro e outra, no quinto andar. O porteiro afastou-se. Deixou entrar o automóvel. O motorista saltou e abriu a porta para que saísse um casal. Dirigiram-se à entrada social do edifício. O homem avistou, de soslaio, a João e Penha. Passou por eles. Voltou. Entregou a ele uma nota de cinco reais: "Aqui, rapaz, isto é para você". João sussurrou um obrigado esmaecido.

Ao lado do companheiro, muda, Penha assistiu à cena e mais aquela negativa. Ventre estufado, vestidinho ralo, ela sentiu acentuarem-se as contrações. Logo uma água morna desceu-lhe pelas pernas.

— Tá na hora, Joca.

Ele, então, olhou em torno e do outro lado da avenida. Uma castanheira copada estendia sobre a areia a sombra densa. "É ali", pensou.

— Aproveita o sinal fechado. Vamos atravessar.

— Para onde?

— Eu faço uma espécie de ninho, na areia, debaixo daquela árvore, perto do quiosque. Aí, você pode aliviar-se.

— Na areia? A criança vai ficar toda arranhada, molhadinha do jeito que vai sair.

— Anda lá, depressa.

Sob a castanheira, no lugar menos visível aos passantes, João fez com as mãos ligeiras uma depressão retangular e nela deitou Penha.

Um ou outro retardatário caminhava rápido no calçadão vazio. Automóveis passavam velozes na pista, rumo a alguma festa. Do outro lado da avenida, os apartamentos iluminados indicavam celebrações grandes e pequenas. Festejava-se o Natal com champanha e mesa farta. À meia-noite, as pessoas abraçar-se-iam e trocariam presentes. Poucas lembrariam do significado daquela noite, concebida para comemorar o nascimento de Deus, na forma de uma criança pobre, de pais humildes, em Belém.

O velho Cesário apoiou os braços na janela e olhou o mar, escuro àquela hora. Lá longe, piscavam os faróis da Ilha Rasa e da Ilha Comprida. Octogenário, ele se perguntou quantos natais ainda veria, numa vida que os outros diriam longa, porém tão rápida para ele.

Passaram-lhe pela cabeça cenas da infância: um tambor e um velocípede, postos do lado da cama por Papai Noel; num outro ano, uma piorra colorida e uma caixa de massa de modelar. Quanta decepção, quando lhe revelaram a inexistência de Papai Noel. Olhou a pista, a calçada, a areia, o mar. Não enxergou a cena, sob a árvore frondosa, bem à sua frente.

Penha deitou-se. Respirou fundo, cada vez mais, enquanto esperava a consumação do momento da sua maternidade. João tirou a camisa, ajeitou-a entre as pernas da mulher, agora afastadas para o nascimento. Ele preparou-se para ver o que tantas vezes já lhe haviam descrito. Fez-se corajoso na coragem e resignação da mulher. De repente, avistou a cabeça da criança, que deslizou para fora, sem um gemido da mãe. Ele olhou seu filho. Mediu um palmo do cordão umbilical, o rompeu e atou, como ouvira falar. Penha perguntou se era menino, ou menina. "Menino", respondeu João com voz satisfeita. Só então notaram dois cachorros, que se haviam acercado, mas estacado a meio metro da mulher. Olhavam como se compreendessem.

Chegaram, então, três homens. Um deles trazia nas mãos um coco aberto; outro, uma garrafa de água; outro, um pão. Em silêncio, eles olharam a criança, os pais; um silêncio plácido, venerando.

— O que vocês três vieram fazer aqui?

— Nós estávamos ali, no quiosque. Vimos tudo. De repente, deu vontade de vir até aqui. Não era bom chegar de mãos abanando, especialmente hoje. Então, trouxemos estas coisas. Se a água de coco não fizer bem ao garoto, à mãe fará, e ele pode ser limpo com a água mineral.

— Qual será o nome do neném?

— Emanoel, disse o pai.

— Por quê, hein?, perguntou um dos três visitantes.

— Disseram que, se ele nascesse esta noite, deveria ser chamado assim. A Penha gostou do nome. Para mim, qualquer nome está bom.

Penha sentou-se. Tomou o filho nos braços. Olhou o pai da criança, os visitantes, os vira-latas. Subitamente, à sua direita, viu chuveiros coloridos sobre o Morro do Vidigal. Tão bom se alguém estivesse soltando os fogos de artifício para comemorar o nascimento do seu filho. Os foguetes, então, começaram a espoucar. Com o foguetório o morro anunciava aos fregueses a chegada da mercadoria.

O puxa-enterro

"Atrás do Archibaldo, o enterro", dizia o Martins, da farmácia. Assim era. Archibaldo Ramos vinha caminhando compungidamente, no meio da rua. Calva reluzente, chapéu na mão. Calça e blusão cáquis, botas de meio cano, dessas de uma tirinha preta de couro, presa no calcanhar, quase sem prestança, passos compassados, como se ouvisse uma marcha fúnebre (lembro aos ouvidos sensíveis que uma marcha não é cacófato).

De fato, atrás de Archibaldo, uns 100 metros depois dele, o enterro. O esquife, como se preferia, ao lúgubre caixão, desfilava no carro negro da Santa Casa, o "papa-defunto", ou "viuvinha". Rente a ele, a família e os amigos mais chegados, de cara triste e voz baixa. Fechavam o cortejo aquelas pessoas sem muita ligação com o defunto, conversando alto, alguns de chapéu, outros até fumando, como é que pode?

Os enterros daquele tempo saíam da casa do próprio morto. Conhecia-se o comentário vitorioso da mulher cujo marido desenvolvia alguma relação paralela: "o defunto é meu". A outra que se roesse na exclusão e no abandono. Fazia-se o velório nas residências, depois do indispensável banho no finado, herança da tradição judaica. Banhado, barbeado e posto no melhor terno, ou maquiada e com o vestido mais sóbrio, se fosse mulher, o corpo ficava em câmara ardente, na sala, até a hora do enterro. Archibaldo então chegava, persignava-se, curvava-se diante do ataúde, cumprimentava a família e saía. No momento do enterro, tomava a dianteira, grave, solene.

Chegavam as eleições. Seu Archibaldo sempre concorria à Câmara Municipal pelo PSD. Se não era o mais votado, elegia-se, invariavelmente, com folga de sobra. Sucediam-se os seus mandatos de vereador. Não se conheciam projetos de sua autoria, salvo o que deu à cidade o título de "Princesa do Estado". Não se metia em debates arriscados, como aqueles do intolerante udenista Cândido Freitas com Zequinha Júnior, padeiro e petebista. Para Archibaldo, a vereança desempenhava-se por meio de votos de congratulações, de pêsames, pelo registro das efemérides. Isso, mais a assiduidade nos enterros, garantia-lhe os mandatos sucessivos e o posto de "decano dos edis", como ele gostava de dizer e, muito mais, de ouvir, ainda que o cumprimento falasse em "décano". Bráulio, do PSP ademarista, uma vez perguntou ao Zequinha: "onde o décano vai pôr a rúbrica?". O chiste quase deu morte.

De novo as eleições, dessa feita com candidatos mais jovens, mais ativos. A campanha acendeu-se nos comícios. O velho Archibaldo, todavia, não se desgastava em discursos. Visitava os eleitores. Conversava paciente nas barbearias, nos bares, na praça central.

Fizeram-se as apurações, como sempre, no clube da cidade, sob a presidência do juiz Eliseu Moraes. Urnas da cidade e dos distritos, estas preparadas pelos chefes políticos locais. Uma urna bem-arrumada trazia uns poucos votos para a oposição, um ou dois nulos, um em branco, o resto, maciçamente na situação.

Os candidatos agitavam-se, davam instruções aos fiscais, confabulavam. Num canto, Archibaldo fazia e refazia as contas. Somou, cuidadosamente, os votos obtidos em cada zona, até a última. Convenceu-se, então, da sua derrota. Pediu a palavra ao juiz. Concedida, tomou o microfone, pediu silêncio e declarou: "Meus correligionários e conterrâneos, pela primeira vez eu não fui eleito. Vai ter gente rindo de mim. Mas eu é que me sinto aliviado das obrigações. Sem mandato, vou ajudar os filhos no armazém. E tem mais: de hoje em diante, não puxo mais enterro de fiadaputa nenhum". O pior, ou o melhor, dependendo de quem veja a situação, é que Archibaldo Ramos errou nas contas. Foi reeleito.

A notícia

A notícia chegou por volta do meio-dia. Alto lá. Não anteponhamos o carro aos bois, como diria o padre Ulysses, aquele pernóstico. Namorador estava ali, mas não vem ao caso.

O município de Feitiço das Neves, hoje o mais importante do sul do Estado, chamava-se ainda Vila do Feitiço, quando seu Geraldo e dona Isolina chegaram. Vieram lá de caixa-prego. Duas mulas carregavam os trens deles, a bacia de flandre inclusive. Ele num cavalo; ela numa égua, sentada no cilhão, para um lado só, como se usava. Hoje, as mulheres, quando montam, abrem as pernas, feito homens, mas não vem ao caso.

Seu Geraldo era mineiro. Quase sempre quem se chama Geraldo vem de Minas. Ele já tinha estado na vila, para assuntar. Gostou. Comprou, lá em baixo, em frente à curva do rio Limão, uma casa de alvenaria, do lado do morro. Terreno grande, mais tarde deu de tudo, dona Isolina de vestido de algodão barato e ralo, na enxada, mesmo depois da gravidez, mostrada nas varizes das pernas e no enjoo do estômago. Sola dos pés grossa e rachada, meio esbranquiçada nas bordas, mas, de novo, isto não vem ao caso, senão eu não termino.

Só vou acrescentar mais um pormenor, e pronto: a casa, de primeiro, não tinha água encanada, nem quartinho. Quem quisesse fosse aliviar-se lá fora, num cubículo de madeira, sobre um fosso. Vez por outra, cobriam a imundície com areia. Dentro de casa, usava-se o penico, especialmente à noite. Era terrível, quando alguém acordava de manhã, e enfiava o pé no penico cheio, esquecido do lado da cama. "Esse aí está com cara de quem meteu o pé no penico", dizia-se. Anos mais tarde, o trabalho de dona Isolina, ajudada por Almira, a empregada, formou uma horta. Depois, um pomar de tudo quanto é laranja: lima, seleta, bahia, a de umbiguinho, pera e natal, a mais ácida de todas, laranja-da-terra, para doce em calda, ou cristalizado com açúcar cristal, estou com a boca cheia d'água, só de pensar, mas não vem ao caso.

Além da casa, seu Geraldo comprou o terreno em frente, do outro lado da rua, à beira-rio. Ergueu ali um barracão. Nada muito grande, porém suficiente para instalar a sua carpintaria. Vieram com ele, de Minas, as ferramentas do seu ofício, serrote, enxó, formão, martelo e tudo o mais. Apareceu o primeiro freguês. Queria o conserto de uns bancos de escola. Seu Geraldo caprichou no serviço e conteve-se no preço. Ganhou fama. A freguesia cresceu. Na vila e arredores, procuravam somente a ele. Ninguém se lembrou mais do Estênio Bolota, o outro carpinteiro, indolente, consumido pela cachaça e pelo amarelão.

"O negócio do seu Geraldo cresceu", como na vila se dizia. Eu não gosto de falar assim, "o negócio cresceu", porque tem sempre um engraçadinho para debochar: "cresceu onde?" Vontade de responder "no fiofó da mãe". Para mal-educado, mal-educado e meio. Seu Geraldo seguiu adiante. Formou grande freguesia: Carpintaria São Geraldo, Marcenaria São Geraldo. Finalmente, Serrarias São Geraldo, assim mesmo, no plural, para ter mais importância.

A serraria de seu Geraldo e a vila desenvolveram-se juntas. Feitiço virou paróquia com padre residente, o padre Ulysses, então homem novo, mas já empolado. Comarca, maçonaria, grupo escolar.

A população aumentava. Veio uma chusma de italianos trabalhar na lavoura do café. Gente boa de trabalho. Comiam polenta com leite, carne só de vez em quando. Os turcos do Líbano abriram loja de tecidos. Construiu-se a primeira ponte sobre o rio Limão. Não muito depois, a vila emancipou-se. O governo estadual queria chamar o novo município, simplesmente, Feitiço. O vigário empombou: Feitiço não era nome cristão. Conversa vai, conversa vem, todo mundo, alguns a contragosto, aceitou o topônimo Feitiço das Neves, para não atrasar as coisas. "Quando vai nevar por aqui, neste calorão do inferno?", zombou dona Cotinha, entre rugas e cáries. Padre Ulysses explicou: "Neve, ou neves, não é só quando neva; quando a neve pousa qual flocos de algodão, enfeitando a natureza. É também metáfora de pureza". Marieta, a beata, sempre do lado do padre, perguntou se, por acaso, Branca de Neve era chamada assim porque nevava. Dona Cotinha então replicou: "vai ver ela era metáfora", mas não vem ao caso.

O município de Feitiço das Neves e os seus sete distritos progrediam, especialmente pela lavoura do café e da cana-de-açúcar. Plantou-se muito arroz nas baixadas do rio Limão. O rio, às vezes, pregava das suas. Não dava a vazão necessária ao aguaceiro das chuvas, nas suas cabeceiras e ao longo do seu curso. Vinha a enchente. O rio zoava, esparramava-se, saía do leito, derrubava casas, matava criação, afogava a lavoura. Era aquele volume de água, avermelhada pelos barrancos arrancados das margens. O rio cobria as pedras, as ilhotas, alcançava o topo das pilastras da ponte municipal. Invadia as ruas mais baixas. Afrouxava o calçamento de paralelepípedos. Só as crianças torciam pela enchente. Divertiam-se com ela. Andavam nas ruas cobertas de água. Pegaram rãs em frente ao cinema. Algumas pessoas riram-se de um vira-lata, descendo a corrente sobre uma prancha, em latidos desesperados. Julinho ficou triste com a cena e foi para casa. Recolhidas, as canoas de pesca de tarrafa e dos tiradores de areia aguardavam a baixa das águas. As chuvas finalmente cessavam. O rio acalmava-se. As coisas voltavam ao normal. Muitos ribeirinhos assinalavam, nas pilastras das casas, o ponto mais alto das águas. Pareciam orgulhosos do volume da cheia.

Muitos anos antes da conversão da vila em município, a vida de seu Geraldo mudou. Certo dia, depois de uma daquelas enchentes, ele entrou em casa, sentou-se na mesa da cozinha, enrolou o cigarro de palha. Disse à mulher que, daquela vez, o Limão quase arrasava tudo. Não podia correr o risco de outra enchente. Ela concordou monossilábica. Só havia discordado dele uma vez, quando o marido quis chamar a primeira filha de Herotildes. De jeito nenhum. Seria Helena, nome de santa. A mulher fincou pé. A menina chamou-se Helena. Seu Geraldo levantou-se, pegou o chapéu e saiu. Voltou no fim da tarde. Havia comprado um terreno amplo, seco, muito acima do rio. Levou para lá a serraria. Ali ela ampliou-se. O velho importou serras novas, contratou gente especializada, começaram a aparecer as carretas, carregando as toras de peroba, jacarandá, jequitibá, angico, cerejeira. Seu Geraldo repetia que, de onde elas vinham, havia madeira para os próximos quinhentos anos. Vai lá. Hoje é tudo pasto, uma tristeza só. Mas não vem ao caso, ou vem sim, transformação da floresta em pastagem.

Helena foi filha única pouco tempo. Veio Tarcísio, outro nome de santo, do gosto de dona Isolina. Chegou o terceiro filho. Quem escolheu o nome, dessa vez, foi o pai: "Vai chamar Aristóteles. Eu acho um nome diferente, bonito. Nem sei se é de santo. É nome de um homem muito inteligente, estrangeiro, já falecido". O nome do menino não resistiu à elocução da boca amarrada do pessoal de casa e da terra, inclusive o pai. Aristóteles, na certidão de idade, ele virou Totinho, Tote e depois Totão. Nasceram ao casal Geraldo e Isolina seis outros filhos, mas isso não vem ao caso.

Ainda não disse que seu Geraldo, já muito abonado, comprou uma fazenda e tanto, um brinco. Adquiriu a propriedade nas baixadas do rio, duas horas no trenzinho, não sei quantas a cavalo, quarenta minutos de automóvel, depois da estrada nova. Tinha de tudo: leite, corte, muita cana-de-açúcar, arroz nas várzeas quilométricas, cortadas pelo riozinho Pitu, afluente do Limão. Até uns quarenta alqueires de mata intocável, cheia de macuco, codorna e paca, não se podia nem tirar um pé de pau. Fazenda muito lucrativa. Totão preferiu ir para lá. Tarcísio ficou com o pai na serraria, o xodó de seu Geraldo. Helena casou-se com Michel, filho de um turco árabe. A vida continuou.

Justiça se faça, Totão virou um fazendeiro de mão cheia. Sabia tudo, nas minúcias. Ninguém explica se ele somente aprendeu, ou se dispunha de uma intuição aguçada. Consertava qualquer veículo. Cuidava do gado como veterinário formado. Uma vez, deu gabarro numa novilha, aquela massa esponjosa no casco encomprido e aberto no meio. Totão mandou amarrar e deitar a rês. Cauterizou a ferida. Curou o animal. Outra vez, visitando a cavalo um pasto retirado, notou que o gado não se aproximava de uma touceira de capim, intacta, como ilhota num lago. Regressou à sede. Fez umas buchas de estopa. Voltou ao local com dois empregados, cada qual com um porrete. Sem apear, mandou molhar as buchas com gasolina. Acendeu-as e jogou-as certeiras na moita de capim. As cobras saíram. Ele matou a tiros as maiores. A pé, os homens esmagavam com o bordão a cabeça das menores. Uma cobra picou o pé descalço de um deles. Totão mandou-o subir na garupa do cavalo. Deixou ele sentado no alpendre da casa da fazenda. Voltou com uma seringa. Injetou o soro antiofídico em cada lado das costas do ferido e o sossegou. Deu-lhe folga pelo resto do dia.

Totão, se não era malvado, era um bruto. Não se conhecia dele gesto nem palavra afetiva. Nunca se casou. Recusou o convite para ser padrinho do primogênito de Helena. Com o pai, só falava da fazenda, prestando contas, sempre muito corretas. À mãe pedia a benção, conforme a usança, mas entre dentes. Revólver na cinta, impunha-se pelo medo. Certa vez, no curral, tomou de um balde de leite derramado e bateu com ele nas pernas de um campeiro. Mandou soltar porcos na várzea de um sítio vizinho. Colocou um caminhão para levar, de graça, os cortadores de cana, só para prejudicar um sitiante idoso, cujo único meio de vida era o transporte daqueles trabalhadores por uma ninharia. Rir não ria nunca. Chorar, nem se fala. Nenhuma cena conseguia amolecer o coração dele, tão diferente do pai, sempre generoso e solícito. Arrancava excelentes resultados da propriedade, dirigida com mão de ferro. Dizem até que ele mandou assassinar um homem, encontrado morto no canavial. Disso, entretanto, nunca houve prova. Ele dizia, sem recato, que, tirante a fazenda, só tinha prazer com moça virgem, mulher casada e puta.

Totão passou na cara várias mocinhas da região, porém não fez filho nelas. Meteu-se com mulheres casadas, uma delas a Nelma, que começou a gostar dele. Repelida, ela confessou o adultério ao marido, Pingote, dono da venda da cabeça da ponte. Pingote engoliu a humilhação e o ódio. Foi seu Emílio quem reagiu, quando Deodato, bêbado, encostado no balcão, perguntou: "Pingote, você é corno ou não é?" O velho Emílio arrastou o encachaçado pelo colarinho para fora da venda: "corno é você, seu filho da puta. Vá cuidar da má fama da tua mãe, em vez de ficar mexendo com quem está trabalhando". Naquele dia, depois de fechado o botequim, Merência viu Pingote com a testa sobre o braço, encostado numa parede cega da casa, soluçando, por certo de tristeza, vergonha, sabe-se lá se ainda mantinha um quezinho pela mulher. Um dia, Pingote sumiu, sem se importar com a mulher, nem com os filhos pequenos. Deixou tudo para trás, embrenhou-se no mundo.

Teresona estabeleceu-se em Feitiço, no Fuzuê, o bairro das casas suspeitas, cada qual com a sua luz colorida, pendente da porta de entrada. De dia, as moças iam às compras, ao cabeleireiro, ao armazém. Umas cativaram as vizinhas e chegavam a trocar dois dedos de prosa com elas. Lucinalva, de certidão, nome de guerra Shirlei, das mais bonitas e simpáticas, era bem recebida pelas famílias. Chegaram a convidá-la para um aniversário. Foi. Voltou contente pela consideração.

A casa de Teresona tinha vários quartos. Na sala ampla, os clientes bebiam cerveja com tira-gostos e escolhiam a moça do seu agrado. Na parede creme, em letras azuis, o aviso: "a educação e o respeito cabe em qualquer lugar. Não cuspa no chão, não diga palavrão, não peça fiado e se dançar não dê pernadas". Comovia aquele "a educação e o respeito cabe em qualquer lugar". Na saída, entregavam o pagamento à própria madame, num cantinho discreto. Ela costumava repetir que, durante o dia, aquela era uma casa de respeito como outra qualquer. Por isso, abria as janelas para arejar os quartos bem arrumados, cama com colchão de mola, armário, mesinha com jarro e bacia d'água, mais uma cômoda. Ela mantinha uma horta no quintal. Na frente, plantou um jardinzinho de flores tímidas. "A partir das 5 horas da tarde, isto aqui é um puteiro." Silabava: "pu-tei-ro. Não tem essa de lupanar, prostíbulo, bordel, não. Puteiro, e o melhor do Estado, não digo do país só para não parecer metida. E quem seleciona as moças e manda aqui sou eu. Conheço os segredos do negócio. Já tive os meus dias e, sei lá, até para uma emergência a mamãe aqui ainda dá no couro." Ria-se toda.

Totão era o melhor cliente da casa. Lucinalva, Shirlei na profissão, a favorita dele. Entrava no quarto dela. Pedia um cafuné. Os dedos de Shirley massageavam o rosto de olhos fechados. Friccionavam o couro cabeludo. A moça pressionava levemente o pescoço do homem. Ele aninhava a cabeça no seu colo. Um dia, ela pressionou os seus lábios sobre os dele. Totão abriu a boca para um encontro das línguas salivosas. A moça tirou a camisa dele. Nenhum dos dois se levantou após o gozo recíproco. Deixaram-se ficar ali, malemolentes, até cochilarem enroscados. Como sempre, ele acordou, lavou-se, vestiu-se, pôs um dinheiro na gaveta da mesinha e se foi com um murmúrio de despedida.

No dia seguinte, Shirlei arrumou-se e saiu, rumo à casa de dona Dilma, rezadeira de fama. Olhos vivos detrás das lentes bambas na armação de plástico, a velha adivinhou a razão da visita: uma reza, não para fazer um homem gostar dela. Isto já acontecia. Também não queria casamento, mas só uma casa, longe do Fuzuê, onde ele pudesse ir vê-la, de vez em quando e ela, de quando em vez, recebesse a mãe e a filha, em dias desencontrados, claro. "Escreva o nome dele neste papel e pique ele miudinho. Agora, ponha os pedaços do papel neste copo. Levante-se. Encha o copo com água da moringa. Vá na janela, fique de costas e lance fora a água e os pedaços de papel. Volte, sente-se aqui. Feche os olhos". A velha, então, pôs a mão direita sobre a cabeça de Shirlei. Com a esquerda, tocou-lhe a testa e os dois seios. "Pronto, vamos aguardar". A visitante deixou o dinheiro da sessão sobre a mesa da sala. Pediu a bênção e partiu cheia de esperança.

Uma noite, depois de tudo, quando eles ainda se estiravam na cama, Shirlei disse a Totão:

— "Sei lá...". Parou.

— "Desembuche..."

— "É que, não leve a mal eu ir direto ao ponto. Por que você não põe casa para mim, feito seu Ari, do posto de gasolina, com a Palmira? Ela ficou sendo só dele".

Depois de um silêncio breve, Totão falou:

— "Indo também direto ao ponto, se eu quisesse pôr casa para mulher, me casava. Com você ou com outra. Mas isto não é comigo. Perdia a graça".

— "É que eu queria um lugar para receber minha mãe e minha filha, quando elas viessem à cidade. Moram lá no Espinheiro..."

— "Você tem filha?"

— "Nove anos. Mora com a mamãe. Quem sustenta sou eu".

— "Desculpe, o pai é quem?" Ia acrescentar "você sabe?", mas achou ofensivo e recuou.

— "O Onésio..."

— "Você deu para aquele bosta?"

— "Não dei. Vendi. Fiquei com fome. Até você, machão, com fome vai acabar dando..."

Ele riu.

— "Nem morto. Vê lá se eu sou algum veado?"

Ela prosseguiu.

— "Não quero incomodar, o Onésio diz que não sabe se é o pai, tantos eu dei ao mesmo tempo. O Dr. Valcir disse que por causa dessa atividade minha, é difícil o juiz afirmar com certeza quem é o pai. Além disso, o Onésio, como você diz, é um merda. Não tem um tostão furado. Eu só queria tirar minha mãe e a menina daquele rancho. Mais dia, menos dia, se a chuvarada aperta, ele cai".

— "Esse rancho fica onde, hein?"

— "Sabe o Espinheiro? Na estrada mesmo, antes de chegar no pontilhão, tem um recuado com um rancho. Mamãe é Dona Zilda, Marluce a menina.

Um mês depois, o rancho transformou-se. Virou casa mobiliada de alvenaria. Dois quartos, sala, cozinha, despensa, banheiro e fossa. Uma cacimba funda de água boa, tirada com bomba manual. Até casa para cachorro tinha. Tudo cercado com muro de caco de vidro. Portão de ferro. Nunca se soube de outra atitude afetiva de Totão.

Shirlei e o freguês, cliente, amante, ou tudo isso, continuaram como sempre. Incertas as visitas, ele vinha, algumas vezes, na quarta-feira, noutras, na sexta, até mesmo na segunda. Se ela estivesse ocupada, ele esperava paciente com uma garrafa de cerveja. Só ficava mais tempo com ela aos sábados. Entregavam-se, então, um ao outro, mais de uma vez. Madrugada alta, ele saía no jipe, para dormir na casa dos pais, na cama feita pelas mãos grossas de Dona Isolina, uma colcha leve, dois travesseiros de paina.

Naquele sábado, Totão saiu da casa de Teresona às 3:40 da manhã. Vinha aborrecido. Nem as mãos de Shirlei, nem os seus beijos conseguiram dele a repetição costumeira. Justificava-se a si mesmo, lembrando o trabalho excessivo, a queda do preço do açúcar, a compra desvantajosa de umas reses. Estacionou o jipe em frente à casa dos pais. Saiu dele ainda pensativo, desgostoso do fracasso com Shirlei. Não percebeu mexerem-se as folhas da moita de mamona, no terreno em frente, do outro lado da rua. Só distinguiu o Pingote, empunhando o "38", quase em cima dele. Ainda tentou sacar a sua arma, uma pistola:

— "Corno, filho de uma puta!"

O tiro esfacelou o rosto de Totão.

A experiência do seu Augusto, farmacêutico, veterano nos curativos e na ocultação dos vestígios de tocaias, envolveu em gazes o rosto desfigurado. Veio o Tiãozinho, da funerária, tirar a medida do corpo para o caixão. O mais aconteceu como se pode imaginar: muito choro, muito disse me disse. Dona Cotinha jurava por tudo quanto é sagrado ter visto o Pingote passar diante da sua janela, na madrugada. Ele andava ligeiro. Ela, porém, o distinguiu, sob a luz do poste. Não havia risco de confundir quem conhecia desde pequeno, quando a família dela se mudou para as vizinhanças da casa do pai dele. Era ele, sim, com aquele passo manco de quem havia perdido um dedo do pé, gangrenado.

Fosse quem fosse, o corpo de Totão estava na sala da casa dos pais, banhado e vestido pelo irmão Tarcísio, um xale da mãe sobre o rosto. Vieram um crucifixo e velas da Matriz. Seu Geraldo combinou com o padre Ulisses o enterro, no fim do dia. Para que prolongar o sofrimento da mãe com um velório sem sentido, noite adentro? O padre concordou. Às 5 da tarde, o enterro sairia direto para o cemitério, com uma breve parada na Igreja de Santo Agostinho, para a encomendação do corpo.

Meio-dia, pouco mais, pouco menos, Gefo bateu de leve na janela de Teresona. Bateu de novo. Ouviu a voz estremunhada:

— “O que é?”

— “Acorda, Madrinha. É muito sério”.

— “Melhor que seja. Se não for, pobre de você, Gefo”, veio a voz contrariada. Entretanto, a cafetina sabia ser coisa muito séria. O afilhado não era homem de incomodá-la por pouco. Fiel a ela, até dinheiro Teresona confiava a Gefo, assim registrado por um oficial idiota, que não percebeu ser Jefferson o nome escolhido pelo pai da criança.

Teresona abriu a janela. Gefo sussurrou:

— “Mataram seu Totão, Madrinha”.

— “Meu são Jorge Guerreiro! Você tem certeza?”

— “Madrinha, eu estive lá em baixo. Ouvi dizer. Não acreditei. Um homem tão valente. Então, eu garrei e fui eu mesmo mais o Ticinho à casa do seu Geraldo. Vi seu Totão deitado numa tauba, velas em volta, a Cruz de Cristo na cabeceira, mas a cara dele tapada por um pano de cor. Depois explicaram que a cara estava coberta porque o tiro foi no meio dos olhos. Esmigalhou tudo”.

— “Quem foi?”

— “Ninguém tem certeza, mas diz que Dona Cotinha viu aquele Pingote na rua, de madrugada. Aquele tal que diz que o seu Totão fez coisa com a mulher dele e ele sumiu de casa. Deixou para trás ela mais as crianças. Sumiu no mundo. Voltou para a vingança, que cara de vergonha não é chifrado e acaba aí”.

Logo após, chegou a cozinheira com a mesma notícia. Depois, a Josélia que tinha passado a noite fora. Daí a pouco, a casa inteira comentava a tragédia, umas raparigas contando às outras. Teresona deu ordens expressas: ninguém podia acordar Shirlei. Se alguém ouvisse barulho no quarto da moça, lhe avisasse.

Às 2 da tarde, Gilda avisou que Shirlei estava de pé. Teresona respirou fundo e bateu na porta do quarto dela:

— "O que houve?"

— "Deixa eu entrar. Não é nada com sua mãe nem com sua filha, fique calma".

— "Então com quem é? Totão?"

Teresona assentiu com a cabeça.

— "Mataram ele? Foi tocaia?"

De novo, a dona do bordel balançou a cabeça, confirmando. Shirlei deu um grito. Jogou-se na cama, aos soluços, a cabeça enterrada no travesseiro.

Surpreendentemente, a patroa, dura pela natureza ou pela profissão, sentou-se do lado dela. Afagou-lhe a cabeça. Disse duas ou três frases de consolação. Logo chamou as meninas e saiu. Elas entraram. Repetiram as palavras dessas ocasiões. Ali pelas 5, Shirlei tomou um comprimido e adormeceu.

Às 8, Teresona entrou no quarto de Shirlei e despertou-a:

— "Dormiu bem? Agora ele já está em paz, inclusive enterrado, para a mãe não sofrer o velório. O resto é com Deus. A vida continua. Infelizmente, a vida é madrasta. Logo agora, quando eu ia pedir um favor especial a ele."

— "Favor?"

— "Shirlei, envolvida com o Totão — o finado Totão, Deus o tenha — você não reparou a queda da freguesia. Cada vez mais preocupante. A concorrência aumentou. As namoradas começaram a abrir as pernas para a rapaziada. Resultado: cada vez menos dinheiro. Dois meses de aluguel atrasado, indo para três. Já devo tanto ao seu Leitão que dou a volta para não passar na porta do armazém dele.

Fosse outro o proprietário desta casa, já teria conseguido ordem de despejo contra nós. Mas o dono daqui é o seu Aniceto, que tem pena da gente. Além da pena, ele arrasta a asa para você, a única que ainda consegue mexer com ele, fazer ele macho, você sabe como é."

Um silêncio. Teresona retomou:

— "Aliás, Shirlei, seu Aniceto está lá na sala. Quer porque quer ver você. Falaram com ele do caso. Ele já sabia, mas disse que você é profissional: não tem que sentir; tem que agir. Cá prá nós, ele tem razão. Além disso, a nossa casa e nossa vida estão nas mãos desse velho. É só fingir com ele um pouquinho e você nos salva. Aliás, Zilda e Marlucinha também precisam dele.

A moça afundou numa formidável confusão mental. Repugnara-lhe a ideia do velho, na sua cama. Vieram-lhe, no entanto, as imagens da filha e da mãe. Logo Totão apareceu, com uma expressão de assentimento. De novo, a voz de Teresona:

— "Shirlei, faça isto pela gente".

— "Mande o seu Aniceto entrar".

A madame saiu. Seu Aniceto entrou. Trancou a porta. Olhou para ela. Disse displicente:

— "Você está com os olhos inchados."

Ela teve asco do velho, já sem camisa, o ventre em dois. Então, falou:

— "Esta noite, fui lá fora, guardar a gaiola do papagaio". Ia emendar, dizendo que pegara um vento, quando viu o velho tirar os sapatos, as meias, as calças e ficar naquelas cuecas longas, do umbigo aos joelhos, indiferente à sua explicação. Ele, então, aproximou-se da cama e sentou-se, do lado dela. Espalmou a mão direita. Antes que a afagasse, Shirlei respirou fundo e fechou os olhos.

Morte das coisas

— "Então, faz ao menos um preto, para o enterro", brincou Justino.

Do outro lado da linha, um silêncio ofegante. De novo, a voz decidida:

— "Brincadeira tem hora, Justino. Cancele os três ternos que encomendei ontem. Estive pensando: ternos para quê, se eu não duro nem mais um ano?"

— "Dr. Guido, desculpe. Eu brinquei, não sei se para afastar a sua certeza ou o meu temor. Fico triste, quando o senhor fala na sua morte, como toda hora acontece, hoje em dia. Até comentei essa nova mania sua com a patroa. Ela ficou com os olhos cheios d'água, nós dois lembrando a sua ajuda na morte do mais velho. O senhor nem conhecia o Crispim, mas foi lá em casa, visitou a gente. Assumiu a escola, os cadernos e os livros, a roupa e a saúde do meu neto. Cuidou dele até o casamento. Mobiliou a casinha dele. Quando ele decidiu ir para Minas, aquela besteira, quem deu as passagens e ainda pôs uns cobres na mão dele? Foi o segundo pai do meu neto. Eu, então, não vou ficar triste?

— "Tchau."

O alfaiate virou-se para Nando, o oficial, ocupado em casear um paletó:

— "Não é pelo dinheiro não. Três ternos são uma boa encomenda. Esse merda, que você está terminando o paletó, faz roupa nova, uma na vida, outra na morte. O Dr. Guido, não. Chegou aqui há mais de 40 anos, no tempo do meu tio. Todos esses anos, já fez uns, sei lá, 100 ternos. Agora não quer mais, nem os escolhidos ontem, fazendas tão bonitas. Deu nele a cisma de morrer. 'Desculpe perguntar, o senhor tem alguma coisa, Dr. Guido? Alguma coisa assim, sabe como...', indaguei, na copa da casa dele, quando fui levar uns cajás... Bibi, a empregada, saltou na frente: 'tá forte como um touro. Tudo quanto é exame perfeito, o Dr. Wagner disse e ainda brincou com ele: 'Dr. Guido, o senhor deu grana ao laboratório para conseguir esses resultados?' Mas ele encafifou." Ela falou assim. Ele não disse nada. Mandou embrulhar os cajás de vez no jornal, para amadurecerem."

O oficial da alfaiataria "Sem Ponto" parou a agulha e disse:

— "Se ele continuar assim, vai acabar chamando a dita. Qualquer hora dessas morre mesmo. Aí não tem mais jeito".

Guido sentou-se no escritório, na poltrona cômoda com uma almofada puída, para apoiar as costas. Pensou em ligar uma música. Não ligou. Pegou o livro, abriu, viu quantas páginas faltavam para acabar e pôs de lado. Olhou sem ânimo os envelopes fechados sobre a mesa de trabalho. Não percebeu, no retângulo da janela, o azulão, balançando-se na pontinha do galho da goiabeira. Cerrou os olhos de leve e ficou ali, sem pensar em nada, entregue àquela malemolência crônica.

Aos 70 anos, o advogado Guido Santana fechou o escritório. Deixou a cadeira de Direito Comercial na Faculdade. Dinheiro não faltava, dos investimentos e dos aluguéis de vários imóveis, comprados em pontos valorizados da cidade. A filha não precisava dele. Casou-se com um capitalista italiano. Viviam em Zurique, à tripa forra, umas graças as duas crianças, cujo crescimento Guido acompanhava pelas fotografias. Em casa, só ele e Bibi, Zenilda de nome, mais a faxineira, a passadeira, uma vez por semana, e a folguista lerda que, aos domingos, lhe esquentava a comida e lavava, na máquina, a roupa branca.

Ele aposentou-se, dizendo chegada a hora de largar tudo, escritório, faculdade, artigos para as revistas jurídicas, uma ou outra palestra. Agora, era viajar, curtir as amigas, discretamente chamadas "as minhas primas", como se a empregada não soubesse, e ler os livros da biblioteca vasta. Alguns, de leitura obrigatória, dava vergonha admitir, inclusive para si próprio, que nunca lera: *Os irmãos Karamazov*, *Guerra e paz*, *O Homem sem qualidade*, *Os miseráveis*, Santo Deus, até *Os miseráveis*. Só não ia ler *Ulisses*, nem *Grande Sertão Veredas*, complicados demais para a sua preguiça. Haveria almoços ("com o 'o' fechado, faz favor", como ele explicava) e visitas dos amigos. Nada disso aconteceu.

O telefone interno bateu. Isaías acabava de chegar sem combinação, como de hábito e permitiam mais de 50 anos de companheirismo, desde o início do curso superior. Isaías acompanhou-o no luto pela morte de Vera, um baque. Mas não era uma presença alegre.

— "Gui, tudo bem?", perguntou o visitante.

— "Mais ou menos. Fui ao médico ontem. Essa artrite me mata."

— "Nunca vi ninguém morrer de artrite."

— "Não é a artrite. Ela só põe a gente na cama. Aí, vêm as infecções, os problemas respiratórios..."

— "Chega", reclamou Isaías. "Ultimamente, você só fala em morte. Na vinda para cá, encontrei o Branco. Lembrou com saudades dos tempos do júri. Qualquer hora, segundo ele, vai fazer mais um, de despedida".

— "Faz nada", duvidou Guido. "Branco é um inconveniente; é isso que ele é. Você se lembra da festa de formatura do ano passado? O idiota do Branco levou o nosso álbum de formatura. Era um tal de chamar os nomes e alguém dizer 'morreu', 'sumiu', 'tá com Alzheimer'. A Telma disse: 'para, Branco, senão isto aqui vira velório'. A Helena bateu na madeira da mesa, de mão aberta para isolar mais completo, como ensinou."

— "Não fez por mal, Guido. Vamos e venhamos, nós já estamos na linha de tiro: 'pá ... pá'. Lá vai mais um, *bye bye*, até a eternidade, se ela existir."

Guido completou:

— "E se ela não existir, Isaías? O Marcelo, meu sobrinho, diz que, se não houvesse vida do outro lado, a gente deveria morrer em dois tempos: no primeiro, o defunto diria 'cá estou eu, morto, e não existe nada'. No segundo tempo, morria de vez."

— "Estamos nós falando em morte, de novo, Guido. Vamos jogar na sorte. Se lembra do seu Ubaldo? Entrou velho na faculdade, com filhos criados e neto crescido. Marta pôs nele o apelido de 'homenagem póstuma' porque apareceria assim no nosso convite de formatura. Pois ela já se foi, o velho formou-se. Outro dia, eu o vi, na Avenida Rio Branco. Todo jico. Me reconheceu de pronto. Já chegou aos 92 anos. Anda sozinho no metrô, imagine você."

Guido lembrou-se da faculdade, a melhor do Rio, e do professor de Introdução ao Direito, com aquele palavrório todo, que Kant isso e Kelsen aquilo, que em Roma era assim e na Grécia era assado, mas com a ressalva: "isto que eu digo é um nadinha. O verdadeiro aprendizado requer dedicação integral, para não dizer obsessiva." Para passar nas provas, bastava memorizar a pouca matéria ensinada. Guido compreendia o conselho. Não o seguia por medo de perder o sol da praia, as regatas da Lagoa, o futebol, o chope, o namoro. "Onde se viu, deixar de jogar tênis domingo de manhã, ou de ir ao cinema, à noite, para ficar em casa, estudando as teorias do furto, a diferença entre posse e propriedade, e em Roma isso e aquilo, e sei lá mais o quê?" Absurdo desperdiçar no estudo o tempo de viver.

Agora, entretanto, a sensação era outra. Sem ter de ir ao escritório ou à faculdade, nem de fazer nada, havia tempo de sobra para fazer tudo, principalmente ler, passear, dar um mergulho de manhã, tirar um cochilo à tarde, ir ao cinema. Quantas vezes, no escritório, ele havia falado do seu sonho de ir à praia, almoçar, fazer a sesta e pegar a sessão das 4, ou ficar em casa lendo, um livro atrás do outro, tudo isso sem culpa e sem tirar o pé do Rio de Janeiro, onde morava. Mas por que desfrutar desses prazeres, cuja sensação a morte logo apagaria? Por outro lado, desesperava ficar inútil em casa, temendo e aguardando a bandida, com o risco de enlouquecer durante a espera.

Guido lembrou-se de que, ainda na véspera, depois do almoço, para digerir a dobradinha com feijão branco e pedaços de paio, andou pela casa. Na saleta, entre a copa e a sala de jantar, reviu os seus faqueiros, as baixelas de porcelana, os copos e jarros de cristal da melhor cepa. A aquisição dessas coisas dera-lhe trabalho e muito gasto. Agora, no entanto, oprimia-lhe a visão de tudo aquilo, sem utilidade para o homem que ia morrer. Aliás, onde terminariam tantos objetos de valor? Nas mãos dos netos dos seus netos, ou dos netos dos seus sobrinhos... "Isto aqui mamãe me deu. Veio do bisavô dela, nem sei direito o nome do velho. Já recebi trincado..." Aqui, ó, que o seu acervo de quadros, pratas, porcelanas e cristais iria dispersar-se nas gerações sucessivas da família. Legaria uma coisa ou outra. O resto, posto em leilão, seria dado a instituições de caridade, como tudo ficou disposto no seu testamento. E não haveria túmulo para ele. Túmulo, para ficar abandonado, em poucos anos, sem irmão do seu sangue para colocar uma flor, sem coração para dizer uma prece? Nada disso. Seria cremado. As cinzas jogadas no mar...

— "Acorda, Guido, volte à terra."

— "Estou acordado, Isaías. Falando do pessoal da nossa turma, você me levou a lembrar coisas, inclusive aquela mulata sestrosa, de Copacabana... A gente ia ao apartamento dela. Um entrava no quarto, o outro esperava. Nós disputávamos no par ou ímpar quem entrava primeiro. Podia ser uma vez um, outra vez o outro, mas havia prazer em jogar a sorte."

— "Eu até acreditaria nessas lembranças, se não te conhecesse, na palma da minha mão, Guido velho de guerra. Vi no seu rosto você ausentar-se, não nas ancas da Iolanda, era o nome da mulata, porém em alguma coisa escura, pesada. Não era de novo esse pânico da morte, essa ideia fixa, era?"

— "Acertou, Isaías. Esse pavor de morrer só não digo que esteja me matando para não fazer graça, quando o caso é tão sério. Mas está me consumindo. Não sei como resisto. O Wagner, meu médico, sugeriu-me procurar um psicanalista. Nesta minha idade? Troço mais ridículo. E depois, se ele me curasse, o que não acontece do dia para a noite, quanto tempo eu permaneceria curado, antes do fim de tudo? Cá para nós, na nossa intimidade, repetindo a pergunta mais uma vez, você, com 71 anos, não tem medo da...?"

Isaías interrompeu, em voz alta:

— "Borro-me todo. Borro-me, entendeu? Cago-me. O jeito, entretanto, é não pensar nela, mas ficar pedindo a proteção do Céu, ou olhando o exemplo de gente mais velha. Se o Ubaldo chegou aos 92, por que eu não vou chegar também? E, chegando lá, vou pensar num sujeito de 100. E, se alcançar pensante os 100, vou lembrar-me daquela mulher, na França. Saiu no jornal: ela completou 125 anos. Aos 112 o médico proibiu ela de fumar, um cretino."

— "O bom seria não morrer..."

— "Deixe de ser besta, Guido. Não morrer é uma punição. A lenda do tal Asverus... Não sei quem falou de uma maldição no epitáfio de certo túmulo de Pompeia: 'Ao ímpio que violar este túmulo, que viva para sepultar todos os seus'. Você gostaria disso, Guido? De enterrar a sua filha, os seus netos?"

Guido reagiu:

— "Para, Isaías. Você, seu babaca, está sendo racional, mas o meu temor é irracional. É doentio. É mórbido. É uma síndrome. Você me irrita com essa lógica."

— "Eu só quis ajudar, Guido."

— "Desculpe, velho. Não é nem que eu não queira morrer. É este medo de morrer. Como eu tenho medo de morrer, não quero morrer, entende?"

Silencioso o amigo, Guido ia pedir um café. Estendeu a mão para pegar o telefone. Parou no meio. Decidiu que era melhor apressar a saída de Isaías. Então, pegou um clipe na caixinha ao seu lado. Os seus dedos distenderam uma haste. Desentortaram a outra até que o clipe se transformasse num fio reto de metal.

— "Veja esse 'clips', Guido."

Guido falou impaciente:

— “É clipe, Isaías, clipe. Já disse a você. Falar um ‘clips’ é igual ao Matias, caseiro do sítio, explicando um ferimento no braço: ‘Eu estava soltando uns fogos, no jogo do Flamengo’. Um ‘fogos’ estourou na minha mão e queimou o meu braço”.

— “Um ‘fogos’ eu não falo, Guido. Mas falo um clips e foda-se.”

Guido abrandou a voz:

— “Dizem que, na Indochina, o clipe era chamado trombone, por causa do formato.”

— “Tudo morre, Guido. Até as coisas. Veja esse ‘clips’. Você acabou de matar ele.”

A descoberta no parque

I

MICHELE PAGOU O TÁXI. AGUARDOU O TROCO. "SÓ NÃO EXISTE troco em táxi de filme americano", como costumava dizer o seu pai. Havia chegado cedo. Acendeu um cigarro. Olhou em volta. A rua Burliuk lembrava as visitas do pai dela a Paris. Tia Mirene a deixava junto com Simone, sua irmã gêmea, no hotel da rua Albertin, onde ele se hospedava, nas suas vindas frequentes à cidade. Pequenas, ele as levava para brincar no gramado divisório da rua larga e tranquila. No fim da manhã, retornavam ao hotel. O aparecimento de Denise indicava algum compromisso dele. "Volto tão logo possa". De fato, voltava, ansiosos elas por ele, ele por elas. Havia sempre um presente quando Plínio aparecia para jantar na casa da irmã da mãe delas. Mirene, então, preparava-lhe um "boeuf en daube". Na mesa, conversavam os dois adultos sobre visitas dele a galerias de arte. O pai vestia-lhes a camisola e contava uma história, passando a mão na testa de cada uma. Avisava do seu regresso ao Rio, mas anunciando o dia da sua próxima volta: "Então, nós vamos comprar uma boneca, só não direi onde". Ali mesmo, naquela rua, ele lhes entregou o primeiro anel de brilhante, substituído, sucessivamente, por outro, de maior quilate, ao longo dos anos, até transformar-se naquela pedra grande, engastada no arco de ouro. O pai deu-lhes o cheque para a compra do apartamento, mobiliado com dinheiro dele, parte remetida do

Brasil, onde morava. Nunca aceitou a ideia de levá-las ao Rio. Foi muito sincero: era casado. Tinha lá uma mulher. Não seria justo com ela. À mulher, se não a amava, votava-lhe gratidão. Quando se separaram, repartiram o patrimônio. A empresa dele quebrou. Ela o procurou e entregou-lhe o quanto no desquite lhe coubera. Isto permitiu a concordata suspensiva e a volta da companhia às atividades. Ele, porém, adorava as gêmeas. Um dia, se a mulher morresse, revelaria aos amigos e parentes a existência delas, fruto de uma união paralela na França. Foram criadas pela tia materna, mas com a assistência dele, financeira e afetiva.

O pai interrompeu suas viagens à Europa por causa do agravamento do diabete, da hipertensão e das vertigens. Michele afastou-se da irmã, sem mandar notícias. Começou a perder dinheiro no jogo da bolsa. Conheceu Brat, numa ida a Londres. Apaixonou-se. Ele consumiu-lhe o último centavo. Agora estava ali, para uma missão, dada pela estranha equipe que integrava, voltada para homicídios de encomenda, tráfico de drogas e outras atividades sinistras, sem poder ou, na realidade, sem querer sair. Cismou algum tempo mais. Olhou o relógio. Ingressou no edifício. Tomou o elevador.

Entrou numa sala elegante, talvez um pouco exagerada na quantidade de móveis, cristais e porcelanas. De relance, ela viu os quadros nas paredes, sem dúvida de impressionistas. O mordomo conduziu-a à biblioteca de livros bem cuidados. Convidou-a a sentar-se numa poltrona de couro verde-musgo. Logo chegou o dono da casa, Mathieu Proser. Suaves os modos daquele homem esguio, de cabelos prateados, de blazer azul e calças cinzas. Ela fez menção de levantar-se. Ele a conteve. Chegou o mordomo com uma bandeja de chá.

— A senhora não faz o tipo imaginado por mim.

— Às vezes, a gente cria uma figura e se frustra quando vê a verdadeira, em carne e osso.

— Por favor, nada disso. Não é o caso. Apenas um semblante diferente, eis tudo. Vá adiante, fume à vontade, especialmente esses cigarros Dubois. Fumei durante 30 anos, mas os médicos...

— O senhor talvez queira cuidar da viagem. Recapitulando a sua conversa com o meu chefe, voaremos ao Rio de Janeiro, em dias diferentes, primeiro o senhor, que se hospedará no hotel Castanheira, na discreta rua do Riachuelo, no centro da cidade. Ligará para Marselha e deixará o número do seu quarto numa secretária eletrônica. Diga apenas o número do quarto, nem uma palavra a mais. Aguarde uma ligação minha, entre 10 e 11 horas do dia seguinte. Assim, o senhor não ficará confinado no quarto, à espera de notícias minhas. Não se esqueça: o senhor é botânico e fotógrafo. Vai satisfazer antiga vontade de conhecer o Jardim Botânico do Rio, observar algumas espécies de plantas, árvores e flores tropicais e fotografá-las. Por isso, saia com as duas máquinas fotográficas, e vá, realmente, àquele parque. Almoce em restaurantes pequenos. Não cometa o erro de parecer um fugitivo. Se alguém puxar conversa, converse normalmente. Os cariocas, nome dos nativos do Rio, são extrovertidos. Aliás, alguém o conhece?

— Não, madame, salvo o Plínio e Simone, filha dele, é claro, mas não passarei perto deles, fique tranquila. Seguirei à risca as suas instruções, iguais às do Jonathan. Se me permite, gostaria de contar-lhe a razão de tudo isto.

— Não precisa, só gosto de saber o necessário à minha tarefa. Mas, se insiste, vou escutá-lo. Posso acender outro cigarro?

— Claro. Ouça, então, a minha história. Sempre fui *marchand*. Vendi e comprei quadros primorosos, na França e na Europa. Um dia, eu conheci Plínio. Ele também era *marchand*, no Rio de Janeiro. Ficou com uns bons quadros meus. Comprei-lhe duas ou três pinturas. Vinte anos de relacionamento. Uma noite, depois do jantar, aqui em casa, abrimo-nos um com o outro. Ele recordou uma paixão, aqui em Paris. Nasceram-lhe duas gêmeas. A mãe suicidou-se com uma "overdose". A garotas, Michele e Simone, foram criadas por uma tia, mas com a assistência permanente dele, material e afetiva. Adulta, Michele, que eu jamais vi, saiu da França; Bruxelas, parece.Um dia, recebi carta de Plínio, pedindo que eu orientasse Simone na compra de um quadro. Ela veio aqui. Encantou-me pela vivacidade...

— Talvez o senhor possa andar um pouco mais rápido. Não quero chegar atrasada a um compromisso.

— De acordo. Repetiram-se as visitas. Começamos a passear pela cidade, fomos a vários lugares. Ela não saía daqui. Tenho um pouco de vergonha de confessar o meu vínculo com uma mulher de 35 anos, eu com 64.

— Não é incomum uma mulher jovem preferir um homem mais velho. Charme, se me permite, não falta ao senhor.

— A senhora é gentil. Um dia ela me aparece grávida. Fiz tudo para..., a senhora sabe... evitar o nascimento. Ela não quis. Foi para o Rio de Janeiro. Escrevi longa carta ao pai dela. Plínio devolveu-me a carta.

— Há, então, uma criança...

— Um menino.

— Um menino, no Rio de Janeiro?

— Há sim. Mora lá com Simone. Um dia cuido dele. Ela escreveu-me duas vezes, primeiro uma carta pesada, em seguida outra, razoável. Depois trato disso.

— Veja bem: no Brasil, o senhor não vai procurar nem mãe, nem filho. Isto inviabilizaria o plano.

— Nunca, nunca. E já vou terminar esta história, este meu drama. Depois da mudança dela para o Rio, aconteceu a desgraça. Eu tinha aqui um quadro único, um Lavinski imenso, "Menina na relva alimentando passarinhos". Uma garota sorrindo com os lábios e os olhos, na cabeça uma touca rendada, rendinha minúscula. A "Sotheby's" avaliou o quadro em 13 milhões de dólares. A Christie's o estimou em 14 milhões. Não era só o valor. Havia entre mim e o quadro uma ligação muito forte. Ele simbolizava o êxito de uma longa vida dedicada ao comércio de pinturas.

— Não posso mais ficar, desculpe-me.

— Um momentinho só e eu termino. Frequentemente, eu viajava a Nice, onde tinha negócio. Numa dessas viagens, chegam aqui em casa três homens, carregando uma caixa imensa e uma luminária. Apresentaram ao mordomo uma carta com a minha letra e assinatura. Eu, simplesmente, autorizava fotógrafos de uma revista a fotografar aquele quadro raro, coisa de minutos. O mordomo os deixou entrar. Começaram a examinar o quadro. Um dos homens fingiu desfalecer subitamente. Antes do desmaio, mão ainda na testa, pediu para tirarem do seu bolso um comprimido da caixinha de remédios. Não havia pílula nenhuma. Ele pediu ao mordomo para ir correndo à farmácia comprar o remédio faltante. Gerard assentiu. Logo após a sua saída, chegou à portaria, para mim, uma caixa ricamente embrulhada. O remetente exigia a assinatura de alguém da casa na nota de entrega. Alice abriu a porta da cozinha. O portador passou a ela a caixa muito pesada e ajudou-lhe a pousá-la no chão da cozinha. Pediu um copo d'água. Para a assinatura da nota, deu a ela uma caneta, mas sem tinta. Pôs-lhe outra na mão. Nisso, chega Gerard da farmácia com o remédio, um simples composto de aspirina, segundo ele. Com um copo d'água, foi à sala dar o remédio ao doente, já recuperado. Os visitantes estavam de saída. Gerard ainda os ajudou com a imensa caixa retangular de papelão, carregada com todo o cuidado pois ali estariam, supostamente, espelhos muito sensíveis, usados nas fotografias do quadro.

— E então?, perguntou ela, levantando-se.

— Cheguei à noite. Na mesa do jantar, soube da história da equipe de fotógrafos e da minha carta, evidentemente falsa, levada de volta com eles. Andei rápido para a sala e acendi a luz. O meu olho experiente logo notou a troca do quadro, a partir da touca da menina, feita de um pano liso, sem as rendinhas. A polícia nunca desvendou o mistério. Três semanas depois, recebi pelo correio a parte central do quadro, cortada a tesoura. Olhei estarrecido para aquilo. Vi, na tela, o desenho de uma mulher grávida... Esta história esfrangalha os meus nervos. Empreste-me o seu isqueiro. Deixe-me tirar umas baforadas do seu Dubois. Fumei essa marca durante muito tempo, atraído pelo sabor do cigarro de filtro azul com listras brancas. A senhora quer o dinheiro agora?

— Não. Isto é com o Jonathan. Pague ao portador dele. Até o Rio de Janeiro. Atenção, o senhor será um botânico simpático, de sorriso fácil. Nada de cara sisuda. Nos veremos no Rio. Boa viagem. Adeus.

II

Dias depois, numa segunda-feira, ela pousou no Aeroporto Tom Jobim, do Galeão, já informada do quarto dele no Hotel Castanheira. Desembaraçada na imigração e na alfândega, partiu para o Hotel Continental, na rua Silveira Martins, metade Catete, metade Flamengo. Descansou um pouco. Passeou pelas redondezas. Andou vagarosamente no Parque Carlos Lacerda, no Aterro do Flamengo, mais belo do que nas fotos mandadas para ela, ainda em Paris. Perambulou sozinha pelo Rio. Não despertou curiosidade no hotel, onde se declarou socióloga, interessada em gente das favelas e de bairros pobres.

Na quinta-feira, telefonou a Mathieu: "Amanhã, às 11 da noite, o esperarei numa Fiat branca, na esquina da rua Riachuelo com a rua do Rezende. Venha casual, como se saísse a passeio".

Ele entrou no carro, como combinado. Acenderam ambos um cigarro, fumando em silêncio. "Que bom você ter trazido esses Dubois. Vou acabar me viciando de novo".

— Vou mostrar ao senhor o lugar onde farei o serviço.

— Quando?

— Ainda não sei. Já estive no atelier do Plínio, simulando interesse em quadros primitivos. Voltei lá. Conquistei-o. Aceitei o convite dele para jantar. Marcamos outro encontro para ele mostrar-me a noite do Rio. Saberei levá-lo ao lugar que logo lhe mostrarei. Vamos lá.

Chegando ao local, ela estacionou o carro. Sem esconder a tensão, ele pediu-lhe outro cigarro. Algumas baforadas, jogou-o fora, tal como ela fizera. Ficaram quietos, olhando as árvores, a areia e a água, sem se importarem com um ou outro casal que se abraçava sem notar a proximidade deles.

Ela lhe pegou a mão, quando lhe deu outro cigarro. Afagou-lhe os cabelos.

— Não é só a Simone que gosta de homens mais velhos, experientes, vividos. São charmosos esses seus cabelos, disse ela, acariciando o rosto e as têmporas do homem.

Finalmente, roçou-lhe os lábios. Beijaram-se longamente, língua com língua afundadas na boca.

— Vamos a algum lugar seguro, ou você quer deitar-se comigo na areia, como aqueles dois, lá adiante?

— Num hotel será melhor. Avistei um desses perto do meu. Poderemos registrar-nos com nomes falsos. Pelo jeito, não serão exigentes.

— De acordo.

— Agora, se me permite a franqueza, você está com mau hálito, o beijo fica desagradável.

— Deve ser a comida carregada do jantar.

Outro beijo breve e rápido. Ela então disse:

— Não importa. Tenho aqui no porta-luvas uma barra de chocolate amargo. Comprei duas. Sobrou uma, que desembrulhei, ia comer, mas preferi guardá-la envolta nesse guardanapo de papel. Vamos dividi-la em dois pedaços. Ficaremos então com o mesmo hálito.

Ela retirou a barra do porta-luvas, partiu-a ao meio, ficou com uma metade na mão e pôs toda a outra metade na boca de Mathieu. Ele a mastigou, sentindo um gosto mais amargo, diferente dos chocolates franceses.

— Compreendo, disse ela. O cacau brasileiro é muito forte.

Mathieu sentiu uma tontura repentina. O suor gelado encheu-lhe a testa. Encurtou-se a respiração. Saiu rapidamente do carro, sentindo retesados os músculos do rosto, dos braços e das pernas. Logo entendeu que o chocolate o envenenara.

— Você me envenenou, sua cadela.

— Você contratou Jonathan para acabar com o homem que me gerou, criou-me com a minha irmã Simone. Sustentou-nos, fez-se amado por nós. Sorte dele em ter sido eu escolhida para matá-lo. Quem morre agora é você.

— Michele?, balbiciou ele.

— Claro.

— Puta!

Mathieu cambaleou e caiu no chão, a boca espumante, os dedos crispados. Ela acendeu outro cigarro e mais outro, até certificar-se da morte dele. Empurrou impassível o corpo da sua vítima para baixo do arbusto cercado pela touceira de capim alto. Respirou fundo. Tomou o carro. Partiu vagarosamente.

III

Já se verá como se encontrou o cadáver do marchand francês. Diga-se, antes disso, que a polícia não desvendava a morte misteriosa, causada por um veneno forte, como revelou a biópsia.

A imprensa noticiava com insistência a revolta popular, diante da inépcia dos policiais, incapazes de descobrir o autor do homicídio. Houve discursos veementes na Câmara Municipal e na Assembleia Legislativa. Irritado com o malogro das investigações, o governador chamou ao palácio o secretário de segurança:

— Assim não dá, Romildo. Estão nos fazendo de trouxas, a você, ao prefeito, aos investigadores, a mim.

— Deixa estar, chefe. Porei o meu melhor homem no caso. Não demora, tudo está descoberto.

— Ainda bem. Vá adiante, e rápido.

IV

Rui Santiago estacionou em frente ao portão de ferro da casa 13 da rua Imbaú. O próprio "Capitão" Lima veio atender. Vestia, como sempre, uma calça velha de linho ordinário, camisa azul de manga curta, manchada de café, tamancos ortopédicos. A alcunha "Capitão" foi de uma bêbada de rua, recolhida à delegacia pela inexperiência de um desses policiais novatos. Ela chegou, pediu um cigarro, logo aceso nos beiços moles. Mandada embora, disse "obrigada, 'Capitão'", ao delegado. O apelido foi-se espalhando. Vingou. O bacharel Serapião Rabelo de Castro Lima tornou-se "Capitão". Rui trabalhou com ele, desde o começo, como investigador. Lima converteu-se no seu modelo, protetor e mestre. Mesmo depois da aposentadoria do chefe, Rui procurava-o, para jogar conversa fora ou ouvir as suas impressões sobre casos complicados. Isso lisonjeava o "Capitão". Era um modo de deixá-lo em atividade. O velho delegado correspondia, mantendo contato com o pessoal que sempre o rodeara.

Sentaram-se na mesinha, sob o caramanchão. Mafalda chegou quando eles ainda esquentavam a conversa, falando do quotidiano, trocando notícias de amigos e conhecidos.

— Como o senhor está remoçado, Dr. Rui.

— Há vinte anos você me diz a mesma coisa, Mafalda, mas agora, com 60, é bom ouvir essa peta.

O "Capitão" Lima interveio:

— Que prestígio, hein Rui! Esses biscoitinhos de polvilho são guardados a sete chaves. Só como deles quando a doutora aqui está de bom humor, ou quando você aparece. A Mafalda e eu vamos envelhecer juntos, ela sempre vinte anos menos que eu. Não tem jeito de me alcançar. Ficamos sozinhos, nesta casa, desde o falecimento da Vilma, aquela morte estúpida...

— Muda de assunto, "Capitão", ralhou a empregada, já de saída.

Lima acendeu o cachimbo.

— Eu sei que você hoje quer conversar sobre essa merda de caso. Li os jornais, tenho visto a televisão e ouvido a "rádio Mafalda", a mais potente emissora da região, primeira a dar as últimas, especialmente quando são trágicas. Além disso, tenho falado com os amigos de sempre.

— Então, o senhor o que acha?, indagou Rui, sem mudar a senhoria sempre dada ao antigo chefe.

— Tem mais, Rui. Esteve aqui, ontem, o Tião Candonga. Lembra-se dele? O maior "X-9" e informante que já vi. Tem faro e sabe com quem falar. Havendo crime difícil, ele se mete pela índole. Conversa vai, conversa vem, disse duas coisas muito importantes. Falou que a sua delegacia está infiltrada. Há, no Uruguai, depois em Porto Alegre e dali se alastrou, uma sociedade exotérica, uma tal de "Rosa *shocking*". Troço misterioso. De início, queriam criar uma rede para a divulgação da crença deles e desenvolver um projeto político. Alguns membros, entretanto, começaram a mijar fora do penico. Dizem que você, por exemplo, tem lá um estagiário... Que merda é essa de estagiário na polícia, Rui? Um estagiário chamado Ananias...".

— Jeremias, consertou Rui.

— Ou isso. Esse, no seu focinho, Rui, começou a trazer diamantes do Uruguai e colocar no mercado daqui. Mas deixa ele pra lá. Só falo do cara para mostrar a barafunda em que você se vai afundando, logo você, um "tira" e tanto.

— Que coisa, exclamou o delegado, com interesse mais de ouvinte que de profissional. E como é que o senhor ficou sabendo disso tudo, chefe?

— Meu filho... Desculpe, Rui, mas idade não me falta para ser seu pai e Vilma adorava você, como o filho que nunca teve. Isto aqui parece romaria. É o saldo de sessenta e dois anos de trabalho na polícia. E trabalho honrado. Veja o que me resta: esta casa, as duas lojas do centro, que alugo para viver melhor, o sítio do Caju, uma herança e a aposentadoria vergonhosa. Além de honesto, o meu trabalho foi competente. A Mafalda lembra dos casos. Diz que, às vezes, eu parecia um vidente. O crime acontecia, eu destrinchava.

O "Capitão" parou, levantou-se, tirou uma folha seca, caída sobre um vaso de avencas e chegou perto do delegado. Rui olhou para Lima que, tão próximo, parecia mais alto.

— Rui, depois de mim, você é o maior, mas ocorreram duas coisas com você, difíceis de acreditar. Isso acontece com todo mundo. Lembra-se quando o Zico, aquele merda, debaixo dos meus olhos recebia dinheiro para destruir documentos e dizia que a grana era para mim? E alguém acreditava que não era? Um erro é esse estagiário... Ainda não entendo como ter essa porra de estagiário numa "delpol" ... É esse estagiário muambando, traficando e merecendo a sua consideração. Acorda, Rui. Esse bosta é quem diz à imprensa que o seu tempo passou, que você não descobre mais nem furto de galinha.

Calou-se o "Capitão". Rui insistiu:

— E a outra coisa, o que é?

— Vou ser direto. Que babaquice você naufragar na investigação de um crime porque, em vez de lançar-se a ele, você passa um montão de tempo na casa daquela mulata de bunda grande por quem se apaixonou.

— Eu sei disso, e não sei como explicar, chefe. Ando cansado, intoxicado pelo trabalho repetido.

— Você está por baixo, cobrado e criticado pela imprensa, como incapaz de solucionar o crime. Mas se recupera, Rui, na primeira façanha. Por exemplo, se descobrir o que realmente houve no Aterro do Flamengo. Já movi céus e terras para te ajudar. Vou dar mais uma colaboração, e pronto.

— Obrigado, chefe. Estou ouvindo.

O velho sentou-se de novo, bateu uma poeira imaginária da calça, coçou uma canela com a ponta do tamanco do outro pé e prosseguiu:

— O Jabuti...

Jabuti havia sido o principal informante do "Capitão" Lima sobre a movimentação do tráfico. Disso Rui estava ciente. Ignorava apenas como esse alcaguete ficava sabendo das coisas. Vez por outra, quando sentia a barra pesar, dava um sumiço. Ninguém ficava sabendo dele, menos o seu primo, Rufino Perneta, sapateiro. Primo de verdade, filho da única irmã do pai dele, ninguém estranhava as idas de Jabuti, Honório Santos de nome, à pequena oficina de Rufino, com quem, por cautela, ele dividia todas as informações, inclusive quanto ao seu paradeiro.

— O Jabuti esteve aqui, a meu chamado. Mandei Mafalda, anteontem, levar um sapato, no Rufino, para meia-sola. Ela deixou o recado. Ontem a Jabuti apareceu por aqui. Disse que visitou o lugar do homicídio. Não viu muita coisa, mas catou seis pontas de cigarro de filtro azul e listras brancas. Ele disse que indagou a um conhecido da companhia de cigarros. O cara ficou com umas guimbas. No dia seguinte, voltou ao Jabuti, informando que as pontas são de um cigarro francês, marca Dubois. Cigarro de mulher que, às vezes, homem também fuma. É tudo o que o Jabuti me disse. Francês o cigarro, a descoberta fica fácil para um delgado competente como você.

— Disse mais alguma coisa, o Jabuti?

— Neca. Quando ele se encolhe, nem dedo no cu, nem batida de colher na frigideira fazem ele pôr a cabeça para fora. Mas desta vez acho que não sabia de mais nada. Fica a bola com você, Rui.

Mafalda apareceu, enxugando as mãos no avental e resfolegando:

— Incrível. Ouvi no rádio, em todas as rádios e até a televisão já está repetindo a notícia de que o morto do Aterro era francês, pelas calças, pela camisa, cueca, carteira, camisa, cinto e óculos. A menos que se disfarçasse de francês, era francês mesmo.

Mafalda olhou para os dois homens, esperando um comentário. Calaram-se.

— Ser meganha às vezes é uma merda. Lá vai você, Rui, com mais esse cipó enrolado nas pernas. Saber que o cara era francês já é alguma coisa. Parta, então, desse ponto. Qualquer coisa, estou aqui.

— Lá vou eu, chefe. Obrigado, Mafalda, por esse embrulho de biscoitinhos. Vou comer esta noite, assim que chegar em casa.

— São para você esses biscoitos. Não vá dividir com a tal dona, disse o velho.

Rui sorriu, pensativo, e pensativo entrou na delegacia. Sentou-se. Ficou matutando, até perder-se em retalhos de lembranças que emergem da memória quando se está cansado. O telefone bateu.

— Dr. Rui, é o Rufino. Quando é que o senhor prova aqueles sapatos que mandou alargar na forma?

— Você pode vir com eles aqui?

— Agora não. De noite, quando fechar aqui o boteco, deixo na sua casa, mais ou menos às 7. Vai ter alguém lá?

— Com toda a certeza, tchau. O delegado desligou o telefone, imaginando qual a mensagem do Jabuti.

Não foi Rufino quem chegou, mas o Jabuti em pessoa. Sentou-se na ponta do sofá:

— Dr. Rui, chequei, no aeroporto, o nome dos passageiros chegados da França. Encontrei um Mathieu, que deu, na ficha de desembarque, o endereço do Hotel Castanheira. Fui lá. O porteiro confirmou que o tal francês era hóspede da casa, mas andava desaparecido. Informou que o avistara a última vez, quando passava numa esquina da rua do hotel, tomando um Fiat branco, com uma dona no volante.

Jabuti prosseguiu:

— Bati daqui e dali. Não vou dizer como. O senhor me conhece. Localizei no Hotel Continental, no Catete, uma francesa. Dei uma grana ao porteiro. Ele me informou que havia uma francesa lá, no quarto 182, que indagou dele onde se alugava carro. Perguntei por ela. Havia saído. Pedi para ir ao banheiro. Subi ao quarto. Encontrei sobre a mesinha da cabeceira, do lado do telefone, um maço do tal cigarro Dubois. Olhei no cinzeiro. Havia duas pontas do cigarro de filtro azul e listras brancas, o mesmo que encontrei no lugar onde o corpo foi achado. Agora é com o senhor.

— Obrigado, Jabuti; muito obrigado, disse Rui. Vou apanhar lá dentro, no cofre, um presente para você que fez despesas e merece uma gratificação.

— Acerte isso com o Rufino, disse o Jabuti, levantando-se sem dar a mão ao delegado.

Rui partiu para o Hotel Continental no carro da polícia.

V

— Estou procurando a hóspede do 182. Sou primo dela.

— Acabou de chegar, disse o porteiro, olhando a viatura. Quer subir?

— Quero.

O delegado bateu na porta do quarto. Ela apareceu tranquila, cigarro na boca.

— Speak English? perguntou Rui, na única língua estrangeira que arranhava.

— Eu falo a sua língua, disse ela, num português gutural. Aprendi com meu pai, e também com discos e leituras.

— Ótimo. Sou o delegado Rui Santiago, incumbido de investigar a morte de Mathieu Proser. A senhora o matou, não adianta negar. As provas são definitivas.

— Não digo que sim, nem que não. Só falo na presença de um advogado. O senhor me arranja um?

— Venha comigo à delegacia. Chamarei um advogado dos bons. A senhora vai precisar.

— Seguirei o senhor. Podemos sair conversando naturalmente.

— Ok. Venha comigo.

VI

A bola escapuliu das mãos de Ronaldo, pequeno para conter o arremesso de um menino mais velho. Rolou no terreno em declive. Perdeu-se na moita de capim, sob um arbusto copado. O garoto foi buscá-la. Pôs-se de cócoras e logo anunciou, na voz da surpresa infantil, a descoberta de um objeto inusitado: "Tem uma mão aqui". Correram as outras crianças. A babá de uma delas aproximou-se, abaixou-se, olhou e gritou: "Meu Deus do céu, é um cadáver. Sai pra lá, crianças".

Babás e mães recolhiam os meninos, desejosos de ver o achado. Chegaram dois guardas. Um deles puxou a mão exangue e trouxe o corpo para a luz da manhã. Simone o fitou. O grito e o choro dela pasmaram os circundantes. A babá de Ronaldo explicou a reação da patroa: "São os nervos dela. É muito nervosa e assustada." Um dos guardas falou: "Melhor a senhora e todo mundo mais buscarem o caminho de casa. Só escrevam os nomes e os telefones neste papel." Às crianças explicou-se o cadáver como o corpo de um palhaço de circo, vivinho, mas fingindo-se de morto para divertir-se com o susto das pessoas. A Ronaldinho atribuiu-se o desespero da mãe à picada dolorosa de um marimbondo.

Simone saiu correndo. Ela, e só ela, sabia que o seu filho havia descoberto o corpo do próprio pai.

Este livro foi composto na tipologia Electra LH, em corpo 11/15,
e impresso pela Gráfica Edelbra em papel offset 75g.
no primeiro semestre de 2010.